四部要籍選刊·集部

蔣鵬翔 主編

施註蘇詩

二

〔宋〕蘇軾 著

〔宋〕施元之 注

浙江大學出版社

本册目録

施註蘇詩卷一

卷二

卷三

卷四

施註蘇詩總目上

卷一　詩四十七首　起嘉祐辛丑十二月赴鳳翔任盡壬寅在鳳翔作施註缺今補

辛丑十一月十九日既與子由别於鄭州西門之外馬上賦詩一篇寄之

和子由澠池懷舊

次韻和劉京兆石林亭之作石本唐苑中物散流民間劉購得之

壬寅二月有詔令郡吏分往屬縣減決囚禁自十三日受命出府至寶雞虢郿盩厔四縣既畢事因朝謁太平宮而宿於南谿谿堂遂竝南山而

西至樓觀大秦寺延生觀仙游潭十九日乃歸

作詩五百言以記凡所經歷者寄子由

太白山下蚤行至橫渠鎮書崇壽院壁

留題延生觀後山上小堂

留題仙游潭中興寺東有玉女洞洞南有馬融讀

書石室過潭而南山石益奇潭上有橋畏其嶮

不敢渡　　石鼻城

磻溪石　　郿塢

樓觀

九月二十日微雪懷子由弟二首

病中聞子由得告不赴商州三首

病中大雪數日未嘗起觀虢令趙薦以詩相屬戲用其韻答之

歲晚相與饋問爲饋歲酒食相邀呼爲別歲至除夜達旦不眠爲守歲蜀之風俗如是余官於岐下歲暮思歸而不可得故爲此三詩寄子由

饋歲　別歲　守歲

和子由踏青　和子由蠶市

和子由苦寒見寄　和子由論書

記所見開元寺吳道子畫佛滅度以答子由

施註蘇詩總目上

曾氏所建也夜久不寐見壁有前縣令趙薦留名有懷其人

二十六日五更起行至磻溪未明

是日自磻溪往陽平憩於麻田青峰寺之下院翠麓亭

二十七日自陽平至斜谷宿於南山中蟠龍寺

是日至下馬磧憩於北山僧舍有閣曰懷賢南直斜谷西臨五丈原諸葛孔明所從出師也

卷二　詩四十五首起在鳳翔至治平乙巳罷鳳翔任還京師作施註缺今補

和子由記園中草木十一首

周公廟廟在岐山西北七八里廟後百許步有泉
依山湧洌異常國史所謂潤德泉世亂則竭者
也

南溪之南竹林中新構一茆堂予以其所處最爲
深邃故名之避世堂

自清平鎮游樓觀五郡大秦延生仙游往返四日
得十一詩寄舍弟子由同作

樓觀　五郡

授經臺　大秦寺

仙游潭五首

卷三　詩四十五首起熙寧己酉還京師至辛亥乞外除通判杭州赴任由陳潁過廣陵作

卷五　詩六十九首 起熙寧壬子以後通守錢塘作施注缺今補

卷六　詩四十九首 時通守錢塘作 施注缺今補

次韻周長官壽星院同餞魯少卿

次韻述古過周長官夜飲

述古以詩見責屢不赴會復次前韻

金門寺中見李西臺與二錢唱和四絕句戲用其韻跋之

胡穆秀才遺古銅器似鼎而小上有兩柱可以覆而不蹶以爲鼎則不足疑其飲器也胡有詩答之

卷八　詩五十九首熙寧甲寅在錢塘聞移知密州之命去杭經常潤道中作施註缺今補

賀陳述古弟章生子　贈治易僧智周

卷九　詩六十五首起自常潤復還杭州尋去杭之密州任作施註缺今補

八月十七日天竺山送桂花贈元素

捕蝗至浮雲嶺山行疲苦有懷子由弟二首

青牛嶺高絕處有小寺人迹罕到

新城陳氏園次晁補之韻

梅聖俞詩中有毛長官者今於潛令國華也聖俞沒十五年而君猶爲令捕蝗至其邑作詩戲之

與毛令方尉游西菩提寺二首

聽賢師琴

贈寫真何充秀才

回先生過湖州東林沈氏飲醉以石榴皮書其家東老菴之壁云西鄰已富憂不足東老雖貧樂

卷十　詩三十七首時守高密作

卷十一　詩六十六首 起守高密至得代歸京師作

卷十二　詩四十首起丁巳春留京師至四月之官彭城以後作

卷十五　詩四十二首時守彭城作

卷十六　詩四十八首　起在彭城至元豐己未移守吳興作

施註蘇詩總目上　三十

僕去歲會于彭門折花餽筍故事作詩二十四韻見戲依韻奉答亦以戲公擇云

王鞏清虛堂

和孫同年卞山龍洞禱晴

乘舟過賈收水閣收不在見其子三首

次韻孫祕丞見贈

與客游道場何山得烏字

僕去杭五年吳中仍歲大饑疫故人往往逝去聞湖上僧舍不復往日繁麗獨淨慈本長老學者益盛作詩寄之

船趠風并引

丁公默送蝤蛑

送孫著作赴考城兼寄錢醇老李邦直二君於孫處有書見及

泛舟城南會者五人分韻賦詩得人皆苦炎字四首

贈王郎一首

次韻李公擇梅花

送淵師歸徑山

送表忠觀錢道士歸杭

次韻周開祖長官見寄

林子中以詩寄文與可及余與可既沒追和其韻

與王郎昆仲及兒子邁遶城觀荷花登峴山亭晚入飛英寺分韻得月明星稀四首

卷十八　詩五十三首起元豐三年庚申以後在黄州作

施註蘇詩總目上 三七

日集之爲詩故詞無倫次

日日出東門　南堂五首

次韻子由種杉竹　孔毅父妻挽辭

次韻孔毅父久旱已而甚雨三首

初秋寄子由　和黄魯直食笋

聞子由爲郡僚所捃恐當去官

次韻王鞏南遷初歸二首

孔毅父以詩戒飲酒問買田且乞墨竹次其韻

任師中挽辭

子由作二頌頌石臺長老問公手寫蓮經字如黑

蟻且頌萬遍脊不至席二十餘年予亦作二首

鄧忠臣母周挽辭　徐君猷挽辭

和蔡景繁海州石室　和秦太虛梅花

再和潛師　橄欖

海棠　東坡

生日王郎以詩見慶次其韻幷寄茶二十一片

別黃州

過江夜行武昌山上聞黃州鼓角

自興國往筠宿石田驛南廿五里野人舍

將至筠先寄遲适遠三猶子

出火豈此祥乎乃作是詩院有蜀僧宣逮事訥

長老識先君云

子由在筠作東軒記或戲之爲東軒長老其壻曹

煥往筠余作一絶句送曹以戲子由曹過廬山

以示圓通慎長老慎欣然亦作一絶送客出門

歸入室趺坐化去子由聞之仍作二絶一以答

予一以答慎明年余過圓通始得其詳乃追次

慎韻

余過溫泉壁上有詩云直待衆生總無垢我方清

冷混常流問人云長老可遵作遵已退居圓通

亦作一絕

世傳徐凝瀑布詩云一條界破青山色至爲塵陋又僞作樂天詩稱羨此句有賽不得之語樂天雖涉淺易然豈至是哉乃戲作一絕

書李公擇白石山房　贈東林總長老

題西林壁

廬山二勝 幷引

開先漱玉亭
棲賢三峽橋

陶驥子駿佚老堂二首　和李太白 幷引

次韻道潛留別　岐亭五首 幷引

次韻段縫見贈　題孫思邈眞

戲作鮰魚一絕　同王勝之游蔣山

至眞州再和二首　次韻答寶覺

眉子石硯歌贈胡誾

以玉帶施元長老元以衲帬相報次韻二首

次韻滕元發許仲途秦少游

送金山鄉僧歸蜀開堂　送沈逵赴廣南

豆粥

施註蘇詩總目上終

施註蘇詩總目下

卷二十二　詩五十一首 時赴汝留金陵道中作是年先生在泗州度歲

卷二十三　詩四十八首 起常州居住泊赴登州道中作是歲元豐乙丑先生年五十施注缺今補

云

過密州次韻趙明叔喬禹功

再過常山和昔年畱别詩

再過超然臺贈太守霍翔

卷二十四　詩四十三首起自登州還朝洎元祐改元在西掖作

海市并引　登州孫氏松堂

過萊州雪後望三山　遺直坊并引

次韻趙令鑠

次韻王定國得潁倅二首

次韻趙令鑠惠酒　送范純粹守慶州

施注蘇詩總目下　五

再用前韻　送楊孟容

見子由與孔常父唱和詩輒次其韻余昔在館中同舍出入輒相聚飲酒賦詩近歲不復講故終篇及之庶幾諸公稍復其舊亦太平盛事也

趙令晏崔白大圖幅徑三丈

次韻張昌言給事省宿　次韻三舍人省上

送錢承制赴廣西路分都監

次韻曾子開從駕二首　再和二首

次韻貢父省上　再和

送顧子敦奉使河朔

次韻子由送家退翁知懷安軍

諸公餞子敦軾以病不往復次前韻

和張昌言喜雨　次韻劉貢父西省種竹

偶與客飲孔常父見訪方設席延請忽上馬馳去

已而有詩戲用其韻答之

次韻子由書李伯時所藏韓幹馬

次韻劉貢父獨宿省中

軾以去歲春夏侍立邇英而秋冬之交子由相繼

入侍次韻絶句四首各述所懷

送宋朝散知彭州迎侍二親

施註蘇詩總目下

愧甚作詩送之　和王晉卿送梅花次韻

和宋肇游西池次韻

卷二十七　詩四十五首時在翰林作

書艾宣畫四首竹鶴　黄精鹿　杏花白鷳　蓮龜

僕領貢舉未出錢穆父雪中作詩見及三月二十日同遊金明池始見其詩次韻爲答

次韻子由五月一日同轉對

韓康公挽辭三首　柏石圖詩并引

慶源宣義王丈以累舉得官爲洪雅主簿雅州户

掾遇吏民如家人人安樂之既謝事居眉之青神瑞草橋放懷自得有書來求紅帶既以遺之且作詩爲戲請黄魯直秦少游各爲賦一首爲老人光華

次韻許冲元送成都高士敦鈐轄

次前韻送程六表弟

和王晉卿題李伯時畫馬

和錢穆父出守越州二首

戲書李伯時畫御馬好頭赤

送程七表弟知泗州　送曹輔赴閩漕

語特奇麗因復次韻不獨紀其詩畫之美亦爲道其出處契闊之故而終之以不忘在莒之戒亦朋友忠愛之義也

夜直玉堂攜李之儀端叔詩百餘首讀至夜半書其後

范景仁和賜酒燭詩復次韻謝之

次韻劉貢父春日賜幡勝

再和

葉公秉王仲至見和次韻答之

再和

卷二十八　詩五十八首 起在翰林洎元祐己巳出守錢塘作

次韻子由使契丹至涿州見寄四首

雪後便欲與同僚尋春一病彌月雜花都盡獨牡丹在耳劉景文左藏和順闍黎詩見贈次韻答之

次韻劉景文周次元寒食同遊西湖

連日與王忠玉張全翁遊西湖訪北山清順道潛二詩僧登垂雲亭飲參寥泉最後過唐州陳使君夜飲忠玉有詩次韻答之

新茶送簽判程朝奉以餽其母有詩相謝次韻答之

次韻送張山人歸彭城

卷二十九　詩五十八首 時守杭州作

風篁嶺左右驚曰遠公復過虎谿矣辯才笑曰
杜子美不云乎與子成二老來往亦風流因作
亭嶺上名曰過谿亦曰二老謹次辯才韻
送程之邵簽判赴闕　寄題梅宣義園亭
熙寧中軾通守此郡除夜直都廳因繫皆滿日暮
不得返舍因題一詩于壁今二十年矣衰病之
餘復忝郡寄再經除夜庭事蕭然三圄皆空蓋
同僚之力非拙朽所致因和前篇呈公濟子侔
二通守
遊寶雲寺得唐彥猷爲杭州日送客舟中手書一

絶句云山雨霏微不滿空畫船來往疾輕鴻誰知獨臥朱簾裡一榻無塵四面風明日送彦猷之子垌赴鄂州舟中遇微雨感歎前事因和其韻作兩首送之且歸其書唐氏

送江公著知吉州

聞錢道士與越守穆父飲酒送一壺

次韻劉景文路分上元　再和楊公濟梅花十絶

與葉淳老侯敦夫張秉道同相視新河秉道有詩次韻二首

卷三十　詩五十七首起守杭州洎元祐辛未名還尋出守潁州作

六觀堂老人草書

次韻趙景貺督兩歐陽詩破陳酒戒

叔弼云履常不飲故不作詩勸履常飲

臂痛謁告作三絶句示四君子

到潁未幾公帑已竭齋厨索然戲作

景貺履常屢有詩督叔弼季默倡和已許諾矣復以此句挑之

贈月長老

次韻答錢穆父穆父以僕得汝陰用杭越酬唱韻作詩見寄

韓退之孟郊墓銘云以昌其詩舉此問王定國當昌其身耶昌其詩也來詩下語未契作此答之

卷三十一　詩三十九首時守潁州作

卷三十二　詩三十六首起在潁州洎元祐壬申改知揚州尋以兵部尚書召還作

卷三十三　詩四十一首（起在兵部洎遷禮部尚書作）

扈從景靈宮

凝祥池

和叔盎畫馬

王晉卿示詩欲奪海石錢穆父王仲至蔣穎叔皆次韻穆至二公以爲不可許獨穎叔不然今日穎叔見訪親覩此石之妙遂悔前語僕以謂晉卿豈可終閉不予者若能以韓幹二散馬易之者蓋可許也復次前韻

欲以石易畫晉卿難之穆父欲兼取二物穎叔欲焚畫碎石乃復次前韻并解二詩之意

生日蒙劉景文以古畫松鶴爲壽且貺佳篇次韻

次韻吳傳正枯木歌　送黄師是赴兩浙憲

送范中濟經略侍郎分韻賦詩得先字且贈以魚

枕杯四馬箠一　書鼂説之考牧圖後

呂與叔學士挽詞

丹元子示詩飄飄然有謫仙風氣吳傳正繼作復

次其韻

次韻王定國書丹元子寧極齋

王仲至侍郎見惠稺栝種之禮曹北垣下今百餘

日矣蔚然有生意喜而作詩

卷三十四　詩五十七首起在禮部洎元祐癸酉出知定州紹聖改元落職知英州再貶惠州赴嶺道中作

子前後守倅餘杭凡五年夏秋之間蒸熱不可過獨中和堂東南頰下瞰海門洞視萬里三伏常蕭然也紹聖元年六月舟行赴嶺外熱甚忽憶此處而作是詩　慈湖夾阻風五首

過廬山下并引

卷三十五　詩四十五首起南遷盡在惠州作施注缺今補

壺中九華詩并引　江西一首

鞅馬歌并引

八月七日初入贛過惶恐灘

鬱孤臺　廉泉

卷三十六　詩四十八首 時在惠州作 施注缺今補

其韻

梅聖俞之客歐陽晦夫使工畫茅菴已居其中一琴横牀而已曹子方作詩四韻僕和之云

歐陽晦夫惠琴枕

畱別廉守

缾笙　并引

歐陽晦夫遺接䍦琴枕戲作此詩謝之

次韻王鬱林

藤州江下夜起對月贈邵道士

徐元用使君與其子端常邀僕與小兒過同遊東山浮金堂戲作此詩

題馮通直明月湖詩後　次韻鄭介夫二首

卷三十九　詩五十一首起建中靖國辛巳改元度嶺北歸卽以是年七月卒於毗陵施註缺今補

昔在九江與蘇伯固唱和其略曰我夢扁舟浮震澤雪浪橫江千頃白覺來滿眼是廬山倚天無數開青壁蓋實夢也昨日又夢伯固手持乳香嬰兒示予覺而思之蓋南華賜物也豈復與伯固相見於此邪今得來書知已在南華相待數日矣感歎不已故先寄此詩

次韻韶守狄大夫見贈二首

次韻韶倅李通直二首　狄韶州煮蔓菁蘆菔羹

介夫之甥也故復用前韻賦一篇示志舉

畫車二首

虔州呂倚承事年八十三讀書作詩不已好收古

今帖貧甚至食不足

王子直去歲送子由北歸往反百舍今又相逢贛

上戲用舊韻作詩留別

次韻江晦叔二首　次韻江晦叔兼呈器之

寒食與器之遊南塔寺寂照堂

器之好談禪不喜遊山山中筍出戲語器之可同

參玉板長老作此詩

永和清都觀道士童顏鬒髮問其年生於丙子蓋與余同求此詩

贈詩僧道通

張競辰永康所居萬卷堂

劉壯輿長官是是堂

予昔作壺中九華詩其後八年復過湖口則石已爲好事者取去迺和前韻以自解云

次韻郭功甫二首

次韻法芝舉舊詩

次舊韻贈清涼長老

睡起聞米元章到東園送麥門冬飲子

夢中作寄朱行中

答徑山琳長老

卷四十　遺詩二十九首施注缺今補

老翁井

予以事繫御史臺獄獄吏稍見侵自度不能堪死獄中不得一别子由故作二詩授獄卒梁成以遺子由

十二月二十八日蒙恩責授檢校水部員外郎黄州團練副使復用前韻

劉顗宫苑退老於廬山石碑菴顗陝西人本進士

换武家有聲伎詩缺

西山戲贈武昌王居士幷引

十二月二十日恭聞太皇太后升遐吏以罪人不許成服欲哭則不敢欲泣則不可故作挽詞二章

補唐文宗柳公權聯句

戲作賈良道詩 幷引

戲孫公素

趙成伯家有麗人僕忝鄉人不肎開樽徒吟春雪美句次韻一笑

送南屏謙師 幷序

虛飄飄三首

劉監倉家煎米粉作餅子余云爲甚酥潘邠老家造逡巡酒余飲之云莫作醋錯著水來否後數日余攜家飲郊外因作小詩戲劉公求之

贈包安靜先生二首

元祐元年二月八日朝退獨在起居院讀漢書儒林傳感申公故事作小詩一絕

初貶英州贈馬夢得

贈虔州慈雲寺鑒老

洗兒

過子忽出新意以山芋作玉糝羹色香味皆奇絕天上酥陀則不可知人間決無此味也

擷菜并引

食檳榔

儋耳山

夜坐與邁聯句

曹谿夜觀傳燈錄燈花燒一僧字戲占

卷四十一　追和陶淵明詩六十二首

施註蘇詩總目下終

蘇詩續補遺總目

卷上　古體詩一百四十四首

蘇詩續補遺總目　一

夜泊牛口　牛口見月

舟中聽大人彈琴

泊南牛口期任遵聖長官到晚不及見復來

江上看山　畱題仙都觀

屈原塔　新灘

新灘阻風　昭君村

黃牛廟　蝦蟆培

畱題峽州甘泉寺　寄題清溪寺

荆門惠泉

次韻答荆門張都官維見和惠泉詩

卷下　今體詩二百九十三首

黄河

壬寅重九不預會獨遊普門寺僧閣有懷子由

小飲公瑾舟中

和子由次王鞏韻如囊之句可爲一噱

答李端叔

僭耳

立春日病中邀安國仍請率禹功同來僕雖不能飲當請成伯主會某當杖策倚几於其間觀諸公醉笑以撥滯悶也二首

和參寥見寄

東園

奉和陳賢良

秋興三首

蘇詩續補遺總目　乙

蘇詩續補遺總目　十

蘇詩續補遺總目　上

過土山寨　書辨才白雲堂壁

琴詩

韓康公坐上侍兒求書扇

驪山絶句三首　靈上訪道人不遇

常山贈劉鎡　游三游洞

十一月三日與幾先自竹西來訪慶老不見獨與君卿供奉蟾知客東閣道話久之惠州追錄

醉睡者　集歸去來詩十首

余歸自道場何山遇大風因憩耘老溪亭命官奴秉燭捧硯寫風竹一枝題詩云

蘇詩續補遺總目

施註蘇詩卷之一

漫堂先生宋　犖　閲定

樸園先生張榕端

長洲顧嗣立

毗陵邵長蘅　刪補

商丘宋　至

詩四十七首起嘉祐辛丑十二月赴鳳翔任盡壬寅在鳳翔作　施註缺今補

辛丑十一月十九日既與子由别於鄭州西門之外馬上賦詩一篇寄之

不飲胡爲醉兀兀。此心已逐歸鞍發。歸人猶自念庭闈。今我何以慰寂寞。登高回首坡隴隔。惟見烏帽出復没。苦寒念爾衣裘薄。獨騎瘦馬踏殘月。路人行歌居人樂。

僮僕怪我苦悽惻。亦知人生要有別。但恐歲月去飄忽。寒燈相對記疇昔。夜雨何時聽蕭瑟。君知此意不可忘。愼勿苦愛高官職。【公自注】嘗有夜雨對牀之言故云爾

杜【詩】烏帽塵拂青螺粟【韋應物】與元常全眞二生詩那知風雨夜復此對牀眠【王注】子由與先生在懷遠驛嘗讀韋詩至此句惻然感之乃相約早退共爲閒居之樂其後子由與先生彭城相會有詩曰逍遙堂後千尋木長送中宵風雨聲悞喜對牀尋舊約不知漂泊在彭城先生在東府雨中作示子由詩有曰對牀定悠悠夜雨今蕭瑟蓋皆感歎追舊之言也

和子由澠池懷舊

【漢書】弘農郡澠池縣【注】景帝中二年初徙萬家爲縣

人生到處知何似。應似飛鴻踏雪泥。泥上偶然留指爪。鴻飛那復計東西。老僧已死成新塔。壞壁無由見舊題。往日崎嶇還記否。路長人困蹇驢嘶。【公自注】往歲馬死於二陵騎驢至澠池

賈誼弔屈原賦騰駕罷牛驂蹇驢兮杜詩東家蹇驢許借我泥滑不敢騎朝天

次韻和劉京兆石林亭之作石本唐苑中物散流民閒劉購得之京兆府卽長安也劉京兆乃劉敞字原父

都城日荒廢。往事不可還。唯餘故苑石。漂散向一作尚人閒。公來始購蓄。不憚道里艱。忽從塵埃中。來對冰雪顏。瘦骨拔凜凜。蒼根漱潺潺。唐人唯奇章。好石古莫攀。盡令屬牛氏。刻鑿紛班班。嗟此本何常。聚散實循環。人失亦人得。要不出區寰。君看劉李末。不能保河關。況此百株石。鴻毛於太山。但當對石飲。萬事付等閒。

河圖括地象地以石爲骨白樂天太湖石記今丞相奇章公嗜石於此物獨不謙讓東第南墅列而置之以甲乙丙丁品之各刻于石陰曰牛氏石甲之上丙之中

乙之下按奇章公牛僧孺也家語楚共王出遊亡其烏號之弓左右請求之王曰止也楚人失弓楚人得之又何求焉孔子聞之曰惜乎其不廣也宜曰人遺弓人得之而已何必楚也王注劉指漢李指唐也史記魏王豹至國卽絕河關司馬遷與任安書死有重於太山或輕於鴻毛

壬寅二月有詔令郡吏分往屬縣減決囚禁自十三日受命出府至寶雞虢郿盩厔四縣既畢事因朝謁太平宮而宿於南谿谿堂遂竝南山而西至樓觀大秦寺延生觀仙游潭十九日乃歸作詩五百言以記凡所經歷者寄子由

遠人罹水旱、王命釋俘囚、分縣傳明詔、循山得勝遊、蕭條初出郭、曠蕩實消憂、薄暮來孤鎮、登臨憶武侯、崢嶸依絕壁、蒼茫瞰奔流、半夜人嗥急、横空火氣浮、天遥殊不辨風急已難收。曉入陳倉縣，猶餘賣酒樓。煙煤已狼藉，吏卒尚呀咻。（公自注：十三日宿武城鎮，卽俗所謂石鼻寨也，云孔明所築。是夜二鼓，寶雞火作，相去三十里而見於武城。）雞嶺雲霞古，龍宮殿宇幽。（公自注：縣有雞爪峰龍宮寺。）南山連大散，歸客走（音奏）吾州。欲往安能遂，將還爲少留。回趨西虢道，卻渡小河洲。聞道磻溪石，猶存渭水頭。蒼崖雖有迹，大釣本無鉤。（公自注：十四日自寶雞行至虢，聞太公磻溪石在縣東南十八里，猶有投竿跪餌兩膝所著之處。）東去過郿塢，孤城象漢劉。（公自注：十五日至郿縣，縣有董卓城，象長安，俗謂之小長安。）誰言董公健，竟復伍孚讎。白刃俄生肘，黃金謾似丘。平生聞太白，一見駐行騶。鼓角誰能試，風雷果致不。巖崖已奇絶，冰雪更琱鎪。春旱憂無麥，山靈喜有湫。蛟龍懶方睡，缾罐小容偸。（公自注：是日晚自郿起，至青秋鎮宿，道過太白山相傳云軍行鳴鼓角過山下輒致雷雨山上有湫甚靈以今歲旱方議取之二曲林泉勝三川氣象侔近山麰麥早臨水竹篁修公自注十六日至盩厔以近山地美氣候殊早縣有官竹園十數里不絕先帝膺符命行宮晝晃旒侍臣簪武弁女樂抱箜篌祕殿開金鎖神人控玉虯黑衣橫巨劍被髮凜雙眸公自注十七日寒食自盩厔東南行二十餘里朝謁太平宮二聖御容此宮乃太宗皇帝時有神降於道士張守眞以告受命之符所爲立也神封翊聖將軍有殿邂逅逢佳士相將弄綵舟投篙披綠荇濯足亂淸溝晩宿南谿上森如水國秋遶湖栽翠密終夜響颼飀公自注是日與監宮張杲之汎舟南谿遂留宿于谿堂冐曉窮幽邃操戈畏炳彪公自注十八日循終南而西縣尉以甲卒見送或云近官竹園往往有虎尹生猶有宅老氏舊停輈問道遺蹤在登仙往事悠馭風歸汗漫閲世似蜉蝣羽客知人意瑤琴繫馬鞦不辭山

寺遠來作鹿鳴呦帝子傳聞李嵓堂髣像緱輕風幃幔卷落日髻鬟愁入谷音浴驚蒙密登坡費挽摟亂峰嶢似槊一水澹如油中使何年到金龍自古投千重橫翠石百丈見游儵音紬最愛泉鳴洞初嘗雪入喉滿缾雖可致洗耳歎無由【公自注】是日游崇聖觀俗所謂樓觀也乃尹喜舊宅山腳有授經臺尚在遂與張杲之同至大秦寺早食而別有太平宮道士趙宗有抱琴見送至寺作鹿鳴之引乃去又西至延生觀觀後上小山有唐玉真公主修道之遺迹下山而西行十數里南入黑水谷谷中有潭名仙游潭上有寺三倚峻峰面清溪樹林深翠怪石不可勝數潭水以繩縋石數百尺不得其底以瓦礫投之翔揚徐下食頃乃不見其清澈如此遂宿於中興寺寺中有玉女洞洞中有飛泉甚甘明日以泉二缾歸至郿又明日乃至府忽憶尋蟆培方冬脫鹿裘山川良甚似水石亦堪儔惟有泉傍飲無人自獻酬【公自注】昔與子由游蟆培時方冬洞中溫溫如二三月

【楚辭遠游】下崢嶸而無地兮上寥廓而無天【注】崢嶸深遠貌【文選】刻削崢嶸【王注】蒼茫字古人用皆平聲先生用作仄聲蒼字廣韻音麤朗而茫字上聲之莽去聲

之滓皆不收不知先生用之所出地志載三秦記陳倉以山得名山有石雞與山雞不別趙高燒山山雞飛去而石雞不去晨鳴山頭聞三十里蓋玉雞也唐至德二載更名寶雞史記封禪書秦文公獲若石云於陳倉北阪城祠之其神來常以夜光輝若流星從東南來集於祠城則若雄雞其聲殷云野雞夜雊以一牢祠命曰陳寶按雞爪峰蓋以此得名王注大散關秦蜀通途又西虢虢叔所封平王東遷虢徙上陽故謂之西虢後漢董卓傳築塢於郿高厚七丈號曰萬歲塢又塢中珍藏有金二三萬斤銀八九萬斤錦綺奇玩積如丘山袁紹傳卓議廢立紹勃然曰天下健者何必董公又卓傳越騎校尉伍孚忿卓兇毒懷珮刀刺之不中左右執孚孚大言曰恨不得磔裂姦賊於都市又王允與呂布謀誅卓李肅以戟刺之衷甲不入卓驚呼呂布何在布曰有詔討賊遂殺卓三十六洞天記第十一太白山洞周回五百里三秦謠武功太白去天三百選賦木不琱鏤王注偷字韻蓋方言取龍水謂之偷湫也西京賦右極盩厔幷卷酆鄠之下李善注盩厔山名盩音周厔音質寰宇記山曲曰盩水曲曰厔故云二曲王注古謂伊洛河爲三川唐以劍南東西及山南西道爲三川釋名箜篌師延所作風俗通武帝禱祠太一后土令樂人侯調作坎侯言聲坎坎應節也因其姓號坎侯蘇林注作箜篌李賀箜篌引二十三絲動紫皇司馬相如賦乘鏤象六玉虯劉燾曰翊聖像皆披髮跣足仗劍擾龍相承舊矣廣雅小風曰颼涼風曰飂周易大人虎變其文炳也說文虎文曰彪史記老莊傳老子見周之衰乃遂去至關關令尹喜曰子將隱矣彊爲我著書乃著書言道德之意五千餘言而去列子馭風而行淮南子有若士者謂盧敖曰子處矣吾與汗漫期于九垓之上詩曹風蜉蝣之羽毛傳渠略也朝生夕死王

注帝子唐玉眞公主睿宗之女始封長昌縣主天寶三年上言妾高宗之孫睿宗之女陛下之女弟於天下不爲賤何必名係主號資湯沐然後爲貴請入數百家之產延十年之命帝許之與金仙公主皆爲道士青城山記玉眞公主肅宗之姑也築室丈人觀玉眞金仙二宮主眞容見在女仙列傳西王母姓緱其所居有玄碧之堂唐王建溫門山詩曉入溫門山羣峰亂如戟白樂天詩噴時千點雨澄處一泓油東齋記事道家有金龍玉簡學士院撰文具一歲中齋醮投于名山洞府金龍以銅制玉簡以階石制莊子與惠子游於濠上儵魚出遊沈約詩百丈見游鱗唐張又新水記峽州扇子峽石中突而洩水獨清冷石狀如龜頭俗謂蝦蟆石其水煎茶爲第一

太白山下早行至橫渠鎮書崇壽院壁

馬上續殘夢。不知朝日昇。亂山橫翠幛。落月澹孤燈。奔走煩郵吏。安閒愧老僧。再游應眷眷。聊亦記吾曾。

留題延生觀後山上小堂 王注觀後上小山有堂是唐玉眞公主修道遺迹本朝端拱元年奉敕賜此額

溪山愈好意無厭，上到巉巉第幾尖。深谷野禽毛羽怪，上方仙子鬢眉纖。不慙弄玉騎丹鳳，應逐嫦娥駕老蟾。澗草巖花自無主，晚來胡蝶入疎簾。

列仙傳：蕭史善吹簫，秦穆公以女弄玉妻焉，遂教弄玉吹簫作鳳鳴。一日弄玉乘鳳，蕭史乘龍，昇天而去。淮南子：羿得不死之藥於西王母，姮娥竊之奔月。姮娥，羿妻也。乾鑿度：蟾蜍體就，穴鼻始明。注：穴鼻，兎也。

留題仙遊潭中興寺東有玉女洞洞南有馬融讀書石室過潭而南山石益奇潭上有橋畏其嶮不敢渡

終南圖經：讀書臺在縣城西一百步。

清潭百尺皎無泥，山木陰陰谷鳥啼。蜀客曾遊明月峽，秦人今在武陵溪。獨攀書室窺巖竇，還訪仙姝款石閨。

猶有愛山心未至。不將雙腳踏飛梯。王注明月峽在古巴郡今在忠涪二州之境石壁有圓孔形如滿月蜀客則先生自謂武陵溪用桃源漁人事詳第六卷風水洞詩注後漢馬融傳融扶風茂陵人京兆摯恂以儒術教授隱於南山之陰融從其遊學

石鼻城 注見前

平時戰國今無在。陌上征夫自不閒。北客初來試新險。蜀人從此送殘山。獨穿暗月朦朧裏。愁渡奔河蒼茫間。漸入西南風景變。道邊修竹水潺潺。王注戰國指蜀魏也諸葛亮築此城以拒郝昭

磻溪石 注見前

墨突不暇黔。孔席未嘗煖。安知渭上叟。跪石留雙骭。一

朝嬰世故。辛苦平多難。亦欲就安眠。旅人譏客懶。淮南子墨子無黔突孔子無煖席史記齊世家武王封師尚父於齊營丘東就國道宿行遲逆旅之人曰吾聞時難得而易失客寢甚安殆非就國者也太公聞之夜衣而行犂明至國

郿塢 注見前

衣中甲厚行何懼。塢裏金多退足憑。畢竟英雄誰得似。臍脂自照不須燈。後漢董卓傳尸卓於市天時始熱卓素充肥脂流於地守尸吏然火置卓臍中光明達曙如是積日

樓觀 公自注秦始皇立老子廟於觀南晉惠始修此觀

門前古碣卧斜陽。閱世如流事可傷。長有幽人悲晉惠。强修遺廟學秦皇。丹砂久窖井水赤。白术誰燒廚竈香。

聞道神仙亦相過只疑田叟是庚桑

抱朴子臨沅縣有廖氏世老壽後移居子孫輒殘折他人居其故宅復累世壽疑其井水赤乃掘井左右得古人埋丹砂數十斛丹汁入井是以飲水而壽陶隱居引仙經术能除惡氣莊子老聃之役有庚桑楚者偏得老聃之道北居畏壘之山

九月二十日微雪懷子由弟二首

岐陽九月天微雪已作蕭條歲暮心短日送寒砧杵急

冷官無事屋廬深愁腸別後能消酒白髮秋來已上簪

近買貂裘堪出塞忽思乘傳知戀切問西琛

杜子美詩廣文先生官獨冷又詩白髮不勝簪漢書乘傳注師古曰傳者若今之驛古以車謂之傳車其後又單置馬謂之驛騎詩憬彼淮夷來獻其琛

江上同舟詩滿篋鄭西分馬涕垂膺未成報國慙書劍

豈不懷歸畏友朋官舍度秋驚歲晚寺樓見雪與誰登

遥知讀易東窻下。車馬敲門定不譍。詩豈不懷歸畏此簡書左傳引逸詩豈不欲往畏我友朋

病中聞子由得告不赴商州三首 王注子由與先生同舉賢科子由以訐直得下第除商州推官而王介甫猶不肎撰辭告未即下故先生自去年十二月先赴鳳翔至今年秋子由方告下以老泉傍無侍子奏乞養親三年此所以得告而不赴也

病中聞汝免來商。旅鴈何時更著行。遠別不知官爵好。思歸苦覺歲年長。著書多暇眞良計。從宦無功謾去鄉。惟有王城最堪隱。萬人如海一身藏。

近從章子聞渠說。公自注章子惇也 苦道商人望汝來。說客有靈慙直道。逋翁久沒厭凡才。夷音僅可通名姓。癭俗無由辨

頸顋答策不堪宜落此上書求免亦何哉

王注逋翁四皓也避秦隱於商山白樂天詩漢容黃綺爲逋客李商隱商於詩割地張儀詐謀身綺季長歐陽公汝癭詩無由辨肩頸

辭官不出意誰知敢向清時怨位卑萬事悠悠付杯酒流年冉冉入霜髭策曾忤世人嫌汝易可忘憂家有師此外知心更誰是夢魂相覓苦參差

病中大雪數日未嘗起觀號令趙薦以詩相屬戲用其韻答之

經旬臥齋閣終日親劑和不知雪已深但覺寒無奈一作那飄蕭總紙一作紙總明堆壓簷板墮公自注關中皆以板爲簷風飈助凝冽幃幔困掀一作軒簸惟思近醇醲未敢窺璨瑳何時反炎赫卻欲

躬臼磨。誰言坐無氊，尚有裘充貨。西鄰歌吹發，促席寒
威挫。崩騰踏戍逕，繚繞飛入座。人歡瓦先融，飲雋鉼屢
臥。嗟予獨愁寂，空室自困坷。欲爲後日賞，恐被遊塵涴。
寒更報新霽，皎月懸半破。有客獨苦吟，清夜默自課。詩
人例窮蹇，秀句出寒餓。何當暴霜雪，庶以躡郊賀。

魏都賦著馴風之醇醲注以酒喻政王注璨瑳以玉比雪之明也後漢馮衍妻妒悍不畜媵妾兒女自操井臼以言勞則體中生熱也杜子美贈鄭虔詩才名三十年坐客寒無氊西京雜記司馬相如初與文君還成都居貧愁懣以所著鷫鷞裘就市人楊昌貰酒與文君爲歡左傳士文伯謂投壺之中曰中雋歐陽詩不覺長鉼臥墻曲韓退之詩勿使塵泥涴又新月憐半破杜詩詩家秀句傳寒餓王注郊賀孟郊李賀也

歲晚相與饋問爲饋歲，酒食相邀呼爲別歲，至
除夜達旦不眠爲守歲。蜀之風俗如是，余官於

岐下歲暮思歸而不可得故爲此三詩寄子由

饋歲

農功各已收歲事得相佐爲歡恐無及假物不論貨山川隨出産貧富稱小大實盤巨鯉橫發籠去聲雙兔臥富人事華靡綵繡光翻座貧者愧不能微摯出舂磨官居故人少里巷佳節過亦欲舉鄉風獨唱無人和

詩商頌歲事來辟左傳以相輔佐王符潛夫論富者競欲相過貧者恥不逮及也

別歲

故人適千里臨別尚遲遲人行猶可復歲行那可追問歲安所之遠在天一涯已逐東流水赴海歸無時東鄰

酒初熟西舍彘亦肥且為一日歡慰此窮年悲勿嗟舊歲別行與新歲辭去去勿回顧還君老與衰古詩各在天一涯古樂府百川東到海何時復西歸

守歲

欲知垂盡歲有似赴壑蛇修鱗半已沒去意誰能遮況欲繫其尾雖勤知奈何兒童彊不睡相守夜讙一作諠譁晨雞且勿唱更鼓畏添撾坐久燈燼落起看北斗斜明年豈無年心事恐蹉跎努力盡今夕少年猶可誇晉書賈皇后云繫狗當繫頸今反繫其尾

和子由踏青

子由踏青詩序眉之東門十數里有山曰蟇頤山上有亭榭松竹山下臨大江每正月八日士女相

與遊嬉飲酒於其上謂之踏青也

春風陌上驚微塵，游人初樂歲華新。人閒正好路傍飲，麥短未怕游車輪。城中居人厭城郭，喧闐曉出空四鄰。歌鼓驚山草木動，簞瓢散野烏鳶馴。何人聚衆稱道人，遮道賣符色怒嗔。宜蠶使汝繭如甕，宜畜使汝羊如麏。路人未必信此語，强爲買服禳新春。道人得錢徑沽酒，醉倒自謂吾符神。

太平廣記園客者濟陰人嘗種五色香草積十年服其實一日有五色蛾止其旁客收而畜之至蠶時有女夜半至自稱客妻道蠶之狀客與俱蠶得一百二十頭繭皆如甕每繅一頭六十日乃盡遂俱仙 王注爾雅曰麢大羊杜預奏事曰臣前在南聞魏興北山有野羊大者數千百斤試令求之牝牡各得一 豈爾雅所謂麢者乎麢與麏皆從鹿挨傍押韻成都古今記三月三日太守出北門宴學射山蓋張百子以是日上升卽此地也男覡女巫會於此寫符篆以鬻人云宜田蠶辟災

疫佩者戴者信以爲然

和子由蠶市 子由詩序蜀之二月望日鬻蠶器於市因作樂縱觀謂之蠶市

蜀人衣食常苦艱。蜀人游樂不知還。千人耕種萬人食。一年辛苦一春閒。閒時尚以蠶爲市。共忘辛苦逐欣歡。去年霜降斫秋荻。今年箔積如連山。破瓢爲輪土爲釜。爭買不翅金與紈。憶昔與子皆童丱。音慣年年廢書走市觀。市人爭誇鬭巧智。一作智巧野人喑啞遭欺謾。詩來使我感舊事。不悲去國悲流年。

王注荻箔乃薦蠶之具瓢輪土釜乃繅絲之物詩齊風總角丱兮注束髮皃

和子由苦寒見寄

人生不滿百。一別費三年。三年吾有幾。弃擲理無還。長恐別離中。摧我鬢與顔。念昔喜著書。別來不成篇。細思平時樂。乃爲憂所緣。吾從天下士。莫如與子歡。羨子久不出。讀書蝨生氈。丈夫重出處。不退要當前。西羌解仇隙。猛士憂塞壖。而宣切廟謀雖不戰。鹵意久欺天。山西良家子。錦緣貂裘鮮。千金買戰馬。百寶粧刀鐶。何時逐汝去與鹵試周旋。

漢書趙充國傳元康元年先零與諸羌種豪二百餘人解仇交質盟誓申屠嘉傳太上皇廟堧垣注宮外垣餘地也堧壖仝按塞壖塞垣也又六郡良家子皆習騎射又山西出將左傳晉文公謂楚子曰左執鞭弭右屬櫜鞬以與君周旋

和子由論書。

吾雖不善書，曉書莫如我。苟能通其意，常謂不學可。貌妍容有矉，顰同璧美何妨橢。端莊雜流麗，剛健含婀娜。好之每自譏，不謂子亦頗。書成輒棄去，繆被旁人裹。體勢本闊落，結束入細麼。子詩亦見推，語重未敢荷。邇來又學射，力薄愁官笴。公自注：官箭十二把，吾能十一把箭耳。多好竟無成，不精安用夥。何當盡屛去，萬事付懶惰。吾聞古書法，守駿莫如跛。世俗筆苦驕，衆中强嵬騀。鍾張忽已遠，此語與時左。

莊子天運篇：西施病心而矉其里。爾雅：蟦小而橢。注：貝狹而長曰橢。班彪王命論：幺麼不及數子。注：細小曰麼。漢書陳涉傳：夥涉之為王沈沈者。注：楚人謂多為夥。說文：馬搖頭曰騀。王注：嵬騀，不安帖兒。鍾張，鍾繇、張芝也。

記所見開元寺吳道子畫佛滅度以答子由 名畫記吳

陽翟人工畫初名道子玄宗改名道玄下筆有神官至寧王友

西方眞人誰所見。衣被七寶從雙狻。音酸當時修道頗辛苦。柏生兩肘鳥一作烏巢肩。初如濛濛隱山玉。漸如濯濯出水蓮。道成一旦就空滅。奔會四海悲人天。翔禽哀響動林谷。獸鬼躑躅淚迸泉。龐眉深目彼誰子。遶牀彈指性自圓。隱如寒月墮清晝。空有孤光留故躔。春遊古寺拂塵壁。遺像久此霾香煙。畫師不復寫名姓。皆云道子口所傳。從橫固已蔑孫鄧。有如巨鰐吞小鮮。來詩所誇孰與此。安得攜挂其旁觀。

穆天子傳狻猊日行五百里郭璞注獅子也一名虓獸中之王也傳燈錄佛於雪山入定有野鵲於佛頂置巢時去時來大智度論曰佛在陰菴羅雙樹閒入般涅

槃臥北首大地震動諸三學人僉然不樂郁伊交涕諸無學人但念諸法一切無常[杜詩]淚下如迸泉[王注]月墮清書以譬佛之滅度光留故躔以譬佛之雖寂滅而猶在[圖畫見聞志]孫知微字太古通義彭山人每畫聖像必齋戒疏瀹方始援筆[奩名隱物類相感志]南海有鰐魚其狀若鼉四足長六七尺有齒如劍[老子]治大國若烹小鮮

和子由寒食

寒食今年二月晦。樹林深翠已生煙。遶城駿馬誰能借到處名園意盡便。但挂酒壺那計盞。偶題詩句不須編忽聞嗁鴂驚羈旅。江上何人治廢田。

和劉長安題薛周逸老亭周善飲酒未七十而致仕[王注]劉長安劉敞、原父也薛周莫考

近聞薛公子。早退驚常流。買園招野鶴。鑿井動潛虬。自

言酒中趣。一斗勝涼州。翻然拂衣去。親愛挽不留。隱居亦何樂。素志庶可求。所亡嗟無幾。所得不啻酬。青春爲君好。白日爲君悠。山鳥奏琴筑。野花弄閑幽。雖辭功與名。其樂實素侯。至今清夜夢。尚驚冠壓頭。誰能載美酒。往以大白浮。之子雖不識。因公可與遊。

蜀都賦下高鵠出潛虯續漢書扶風孟陀以蒲萄酒一斗遺張讓即得涼州刺史晉書鄧攸傳吳人歌之曰鄧侯挽不留謝令推不去史貨殖傳今有無秩祿之奉爵邑之入而樂與之比者命曰素封又千金之家比一都之君巨萬者乃與王者同樂劉向說苑魏文侯與大夫飲使公乘不仁爲觴政曰飲不盡者浮以大白

中隱堂詩 幷序

岐山宰王君紳其祖故蜀人也避亂來長安而遂家焉其居第園圃有名長安城中號中隱堂者是

也予之長安王君以書戒其子弟邀予遊且乞詩甚勤因爲作此五篇前地理志京兆尹縣十二其一曰長安高帝五年置惠帝元年初城六年成

去蜀初逃難遊秦遂不歸園荒喬木老堂在昔人非鑿石清泉激開門野鶴飛退居吾久念長恐此心違

徑轉如修蟒坡垂似伏鼇樹從何代有人與此堂高好古嗟生晚偷閒厭久勞王孫早歸隱塵土汙君袍劉安招隱士王孫遊兮不歸陸機詩京洛多風塵素衣化爲緇

二月驚梅晚幽香此地無依依慰遠客皎皎似吳姝不恨故園隔空嗟芳歲徂春深桃杏亂笑汝益羈孤韓退之詩二月初驚見草芽杜子美詩丹橘黃柑此地無

翠石如鸚䳍。何年別海壖。貢一作來隨南使遠。載壓渭舟偏。已伴喬松老。那知故國遷。金人解辭漢。汝獨不潸然。

廣韻壖江河邊地 李賀金銅仙人辭漢歌序宮官既拆盤仙人臨載乃潸然泣下

都城更幾姓。到處有殘碑。古隧埋蝌蚪。崩崖露伏龜。安排壯亭榭。收拾費金貲。岣嶁何須到。韓公浪自悲。

西都賦三成帝畿注周秦漢也 古文四聲韻序科斗書古文也所謂蒼頡本體形多頭麤尾細腹壯團圓似水蟲之蝌蚪 隋志五品以上立碑螭首龜趺 韓退之詩岣嶁山尖神禹碑字青石赤形摹奇又云我來咨嗟涕漣而千搜萬索何處有森森綠樹猿猱悲

鳳翔八觀 并序

鳳翔八觀詩、記可觀者八也、昔司馬子長登會稽探禹穴、不遠千里、而李太白亦以七澤之觀、至荆州、二子蓋悲世悼俗、自傷不見古人、而欲一觀其遺蹟、故其勤如此、鳳翔當秦蜀之交、士大夫之所朝夕往來、此八觀者、又皆跬步可至、而好事者有不能徧觀焉、故作詩以告欲觀而不知者

石鼓歌。

冬十二月歲辛丑。我初從政見魯叟。舊聞石鼓今見之。文字鬱律蛟蛇走。細觀初以指畫肚。欲讀嗟如箝在口。韓公好古生已遲。我今況又百年後。强尋偏傍推點畫。時得一二遺八九。我車既攻馬亦同。其魚維鱮貫之柳。公自注、其詞云、我車既攻、我馬亦同、又云、其魚維何、維鱮維鯉、何以貫之、維楊與柳、惟此六句可讀、餘多不可通古器縱橫猶識

鼎衆星錯落僅名斗糢糊半已似瘢胝詰曲猶能辨跟
肘娟娟缺月隱雲霧濯濯嘉禾秀莨莠漂流百戰偶然
存獨立千載誰與友上追軒頡相唯諾下揖[一作挹]氷斯同
鷇㝅[鷇丘候切 㝅乃候切]憶昔周宣歌鴻鴈當時籀史變蝌蚪厖亂
人方思聖賢中興天爲生耆耇東征徐虜闞虓虎北伏[一作伐]
犬戎隨指嗾[蘇后切]象胥雜沓貢狼鹿方名聯翩賜圭卣
遂因鼓鼙思將帥豈爲考擊煩矇瞍何人作頌比崧高
萬古斯文齊岣嶁動勞至大不矜伐文武未遠猶忠厚
欲尋年歲無甲乙豈有名字記誰某自從周衰更七國
竟使秦人有九有掃除詩書誦法律投棄俎豆陳鞭杻

當年何人佐祖龍。上蔡公子牽黃狗。登山刻石頌功烈。後者無繼前無偶。皆云皇帝巡四國。烹滅彊暴救黔首。六經。既已委灰塵。此鼓亦當遭擊掊。傳聞九鼎淪泗上。欲使萬夫沈水取。暴君縱欲窮人力。神物義不汙秦垢。是時石鼓何處避。無乃天工令鬼守。興亡百變物自閑。富貴一朝名不朽。細思物理坐歎息。人生安得如汝壽。

歐陽集古錄石鼓久在岐陽初不見稱於世至唐人始盛稱之而韋應物以為周文王之鼓至宣王時刻爾韓退之直以為宣王之鼓今在鳳翔縣孔子廟鼓有十先時散棄於野鄭餘慶始置於廟而亡其二皇祐四年向傳師求於民閒得之十鼓乃足其文可見者四百六十有五磨滅不可識者過半然其可疑者四退之好古不妄者予姑取以為信耳至於字畫亦非史籀不能作也西京賦隱轔鬱律甘泉賦雷鬱律於巖窔唐虞世南學書常於被下以指畫肚韓退之苦寒詩濁醪沸入喉口角如銜箝又石鼓歌嗟予好古生苦晚對此涕淚雙滂沱王注軒頡軒轅蒼頡冰斯李斯李陽冰也頡為黃帝史因觀鳥迹始作書契古文是也周宣王時

史籒著大篆十五篇與古稍異謂之籒書秦相李斯取籒文或頗省改謂之小篆焚先典而古文絶矣漢魯共王壞孔子宅得尚書春秋論語孝經時以不復知古文故謂之蝌蚪書諸山刻石荆玉璽文及銅人銘皆斯所書謂之玉筯體唐李陽冰獨得斯用筆意論者謂冰愈於斯也小雅鴻鴈詩序曰美宣王也鄭箋承厲王衰亂之敝而起興復先王之道以安集衆民也大雅常武詩省此徐土又進厥虎臣闞如虓虎國語穆王將征犬戎祭公謀父諫不聽遂征之得四白狼四白鹿以歸左傳宣二年晉侯飲趙盾酒伏甲將攻之公嗾夫獒焉說文使犬聲也周官象胥掌蠻夷閩貉戎狄之國使掌傳王之言而諭說焉大雅江漢詩王命召虎釐爾圭瓚秬鬯一卣方方叔也記聽鼓鼙之聲則思將帥之臣大雅崧高詩毛傳尹吉甫美宣王也呴嘍注見前秦始皇本紀始皇三十六年秋使者從關東夜過華陰平舒道有人持璧遮使者曰爲吾遺滈池君明年祖龍死使者問其故忽不見使者奉璧具以聞始皇嘿然良久曰山鬼固不過知一歲事也退言曰祖龍者人之先也史記李斯傳斯出獄與其中子俱執顧謂其中子曰吾欲與若復牽黄犬俱出上蔡東門逐狡兔豈可得乎始皇本紀二十八年始皇東行郡縣上鄒嶧山刻石頌秦德又南登瑯邪作瑯邪臺刻石頌秦德二十九年登之罘刻石刻詞有曰烹滅强暴振救黔首又始皇還過彭城齋戒禱祠欲出周鼎泗水使千人没水求之弗得莊子逍遥遊吾爲其無用而掊之注擊而碎之也韓石鼓歌雨淋日炙野火燎鬼物守護煩撝呵

詛楚文

公自注碑獲於開元寺土下今在太守便廳秦穆公葬於雍槖泉祈年觀下今墓在開元寺之東南數十步則

寺豈祈年之故基邪、淮南王遷於蜀、至雍道病卒、則雍非長安、此乃古雍也、

崢嶸開元寺。髣髴祈年觀。舊築掃成空。古碑埋不爛。詛書雖可讀。字法嗟久換。詞云秦嗣王。敢使祝用瓚。先君穆公世。與楚約相捍。質之於巫咸。萬葉期不叛。今其後嗣王。乃敢搆多難。刳胎殺無罪。親族遭圍絆。計其所稱訴。何啻桀紂亂。吾聞古秦俗。面詐背不汗。豈惟公子卬。社鬼亦遭謾。遼哉千載後。發我一笑一作笑一粲。

王注。問詛楚文於學古文者。云有數本。其文皆同。唯神名異。開元寺下所得乃詛於巫咸神者。是數本中唯巫咸之文筆法最精。其家無之。唯有此詛於亞駝神一本。詳其篆文。乃先生詩中語也。今載於此。字有不可識者則書闕以補之。其文曰

秦嗣王敢用吉玉宣璧。使其祝宗邵鼛布愬告於丕顯大神亞駝。以底楚王熊相之多罪者。我先君穆王及楚成王是勠力同心。兩邦若壹。絆以婚姻。袗以齊盟。曰萬葉子孫。毋相爲不利。親卬丕顯大神亞駝而質焉。今楚王熊相庸回無道。淫佚

湛亂宣侈競縱變渝盟制内之則虣虐不辜刑殺孕婦幽刺親戚拘圉其叔父寘諸冥室櫝棺之中外之則冒改久闕不畏皇天上帝及丕顯大神亞駝光烈威神而兼倍十八世之盟詛率諸侯之兵以臨加我欲剗伐我社稷□滅我百姓□茂我皇天上帝及丕顯大神亞駝之郊祠圭玉犧牲□取我邊城新郢及於□郢及於□不敢曰可今又悉興其衆張矜怠怒□甲□兵奮士盛師以偪我邊境將欲覆其□亦應受皇天上帝及丕顯大神亞駝之幾靈德賜克剗楚師復略我邊城敢數楚王熊相之倍盟□詛著諸名章以盟大神之威神其文如此秦始皇本紀注祈年宮在雍史記商鞅傳孝公使衛鞅將而伐魏魏使公子卬將而擊之鞅詐公子卬會盟已飲伏甲士襲虜公子卬因攻其軍盡破之以歸秦穀梁軍士粲然皆笑

王維吳道子畫

吳道子見前開元寺注李南名畫記王維字摩詰以詞學知名官至尚書右丞工畫

何處訪吳畫普門與開元開元有東塔摩詰畱手痕吾觀畫品中莫如二子尊道子實雄放浩如海波翻當其下手風雨快筆所未到氣已吞亭亭雙林間彩暈扶桑暾中有至人談寂滅悟者悲涕迷者手自捫蠻君鬼伯

千萬萬相排競進頭如黿。摩詰本詩老。佩芷襲芳蓀。今觀此壁畫。亦若其詩清且敦。祇園弟子盡鶴骨。心如死灰不復溫。門前兩叢竹。雪節貫霜根。交柯亂葉動無數。一一皆可尋其源。吳生雖妙絕。猶以畫工論。摩詰得之於象外。有如仙翮謝籠樊。吾觀二子皆神俊。又於維也斂衽無間言。

唐米景元畫斷道子爲神品上上摩詰爲妙品上上名畫斷大凡佛之圓光皆須尺寸先定然後規圓而成惟吳生只一筆又云畫成矣最後方畫圓光風落雷轉規成月圓王注開元寺有道子畫佛在雙林下入涅槃像又摩詰畫兩叢竹於開元寺莊子形若槁木心若死灰杜詩畫手看前輩吳生遠擅場又妙絕動宮墻神仙傳王次仲變篆爲隸始皇召之不至將殺之次仲化爲大鳥振翼而起以三大翮墮與使者始皇因名爲落翮仙唐張顛傳後輩言筆札者歐虞褚薛或有異論至張顛曾無間言

維摩像唐楊惠之塑在天柱寺

五代名畫補遺楊惠之與吳道子同師張僧繇筆蹟號爲畫友工藝並著而道子聲光獨顯遂焚棄筆硯發憤專思塑作能奪僧繇畫相與道子爭衡

昔者子輿病且死其友子祀往問之跰𨇤鑑井自歎息
造物將安以我爲今觀古塑維摩像病骨磊嵬如枯龜
乃知至人外生死此身變化浮雲隨世人豈不碩且好
身雖未病心已疲此叟神完中有恃談笑可卻千熊羆
當其在時或問法俛首無言心自知至今遺像兀不語
與昔未死無增虧田翁俚婦那肎顧時有野鼠銜其髭
見之使人每自失誰能與結一作詰無言師

莊子子輿有病子祀往問之曰偉哉夫造物者將以子爲此拘拘也又跰𨇤而鑑於井注跰𨇤病而不能行見維摩經是身如浮雲須臾變滅又文殊師利問維摩

詰何等是菩薩不二法門時維摩詰默然無言晉書謝靈運髭美臨刑因施作南海祇洹寺維摩詰像髭寺人保惜略不污損

東湖

吾家蜀江上，江水綠如藍。遡來走塵土，意思殊不堪。況當岐山下，風物尤可慙。有山禿如赭，有水濁如泔。不謂郡城東，數步見湖潭。入門便清奧，怳如夢西南。泉源從高來，隨波走涵涵。東去觸重阜，盡爲湖所貪。但見蒼石螭，開口吐清甘。借汝腹中過，胡爲目耽耽。新荷弄晚涼，輕棹極幽探。飄飄忘遠近，偃息遺佩篸（簪同）。深有龜（一作魚）與魚（一作龜），淺有螺與蚶。曝晴復戲雨，戢戢多於蠶。浮沈無停餌，倏忽遽滿籃。絲緡雖强致，瑣細安足戡。聞昔周道興翠鳳棲孤巖飛鳴飲此水照影弄毵毵公自注此古飲鳳池也至今多梧桐合抱如彭聃綵羽無復見上有鸛搏鵮烏含切嗟予生雖晚好古意所妉耽同圖書已漫漶猶復訪僑郯卷阿詩可繼此意久已含扶風古三輔政事豈汝諳聊爲湖上飲一縱醉後談門前遠行客劫劫無畱驂問胡不回首無乃趁朝參予今正疎懶官長幸見函不辭日游再行恐歲滿三暮歸仍倒載鐘鼓已韽韽

詩小雅終朝采藍鄭箋藍染草也李白詩山光水色青於藍白樂天詩春來江水綠如藍韓南山詩或赤若禿鬜秦始皇本紀始皇至湘山祠逢大風幾不得度上問博士曰湘君何神對曰堯女舜妻死而葬於此始皇大怒使刑徒三千人伐湘山木赭其山寰宇記周文王之時丹鳳鳴於岐山故亦曰鳳皇堆王注僑鄭子產也晉侯稱其博物君子郯子言少昊氏以鳥名官仲尼曰天子失官學在四夷猶信三輔黃圖京兆在故城內尚冠里馮翊在故城內太上皇廟西南扶風在夕陽

街北三輔者謂主爵中尉及左右内史漢武帝改曰京兆尹左馮翊右扶風共治長安城中是爲三輔後漢光武之後扶風出治槐里馮翊出治高陵晉書山簡傳日暮倒載歸酩酊無所知宋顗注韽韽鐘鼓微也

眞興寺閣

山川與城郭漠漠同一形市人與鴉鵲浩浩同一聲此閣幾何高何人之所營側身送落日引手攀飛星當年王中令斫木南山赬寫眞留閣下鐵面眼有稜身强一作長八九尺與閣兩峥嶸古人雖暴恣作事今世驚登者尚呀喘作者何以勝曷不觀此閣其人勇且英

王注王彥超周末宋初爲鳳翔節度使晉書桓溫傳劉惔嘗稱之曰溫眼如紫石稜

李氏園

公自注李茂貞園也今爲王氏所有五代史茂貞本姓宋名文通唐僖宗間以功拜鳳翔隴右節度使賜姓名

昭宗景福元年反犯京師加拜尚書令封岐王後唐莊宗同光二年卒

朝游北城東回首見修竹下有朱門家破墻圍古屋舉鞭叩其戶幽響答空谷入門所見夥十步九移目異花兼四方野鳥喧百族其西引溪水活活轉墻曲東注入深林林深牕戶綠水光兼竹淨時有獨立鵲林中百尺松歲久蒼鱗蹙豈惟此地少意恐關中獨小橋過南圃一作浦夾道多喬木隱如城百雉挺若舟千斛陰陰日光淡黯黯秋氣蓄盡東爲方池野鴈雜家鶩紅梨驚合抱映島孤雲馥春光水溶漾雪陣風翻撲其北臨長溪波聲卷平陸北山卧可見蒼翠間磽禿我時來周覽問此誰

所築云昔李將軍負險乘衰叔抽錢算閒口但未摧羹粥當時奪民田失業安敢哭誰家美園圃藉沒不容贖此亭破千家鬱鬱城之麓將軍竟何事蟣蝨生刀韣何嘗載美酒來此駐車轂空使後世人聞名頸猶縮公自注俗猶呼皇后園蓋茂貞謂其妻也我今官正閒屢至因休沐人生營居止竟爲何人卜何當辦一身永與清景逐

左傳都城過百雉國之害也注方丈曰堵三堵曰雉漢書注漢律人出一算算百二十錢唯賈人與奴婢倍算貢禹傳禹言口錢起武帝民產子三歲則出口錢故民重困至於生子輒殺宜令兒七歲去齒乃出口錢年二十乃算唐史肅宗時軍用不給乃稅閒架廣韻韣弓衣史記石建爲郎中令每五日洗沐歸謁親漢書張安世傳休沐未嘗出

秦穆公墓

三輔黃圖槖泉宮皇覽曰秦穆公冢在槖泉宮祈年觀下

橐泉在城東墓在城中無百步乃知昔未有此城秦人以泉識公墓（識音志）昔公生不誅孟明豈有死之日而忍用其良乃知三子殉公意亦如齊之二子從田橫古人感一飯尚能殺其身今人不復見此等乃以所見疑古人古人不可望今人益可傷

左傳文六年秦伯任好卒以子車氏之三子奄息仲行鍼虎爲殉皆秦之良也國人哀之爲之賦黃鳥史記田儋傳田橫與其客二人乘傳詣洛陽至尸鄉廄置自到高帝爲之流涕而拜其二客爲都尉以王者禮葬田橫既葬二客穿其冢旁孔皆自到下從之後漢李固傳感古人一飯之報注靈輒也靈輒事見左傳宣二年

和子由聞子瞻將如終南太平宮谿堂讀書

役名則已勤徇身則已媮我誠愚且拙身名兩無謀始者學書判近亦知問囚但知今當爲敢問向所由士方

其未得惟以不得憂既得又憂失此心浩難收譬如倦行客中路逢淸流塵埃雖未脫暫憩得一漱我欲走南澗春禽始嚶呦鞅掌久不決爾來已徂秋橋山日月迫府縣煩差抽王事誰敢愬民勞吏宜羞中閒罹旱暵欲學喚雨鳩千夫挽一木十步八九休渭水涸無泥菑堰旋插修對之食不飽餘事更遑求近日秋雨足公餘試新芻劬勞幸已過朽鈍不任鎪秋風欲吹帽西阜可縱遊聊爲一日樂慰此百日愁

唐有書判拔萃科史記黃帝葬橋山前漢溝洫志武帝歌曰隤林竹兮揵石菑廣韻芻酒芻晉書九月九日桓溫讌於龍山風吹孟嘉帽落

將往終南和子由見寄

人生百年寄鬢鬚富貴何啻葭中莩惟將翰墨留染濡
絕勝醉倒蛾眉扶我今廢學如寒竽久不吹之澀欲無
歲云暮矣嗟幾餘欲往南溪侶一作旅禽魚秋風吹雨涼生
膚夜長耿耿添漏壺窮年弄筆衫袖烏古人有之我願
如終朝危坐學僧趺閉門不出閑履鳧下視官爵如泥
淤嗟我何爲久踟躕歲月豈肎與汝居僕夫起餐秣吾
駒

前漢書非有葭莩之親注葭裏之白皮者喻輕薄也韓子齊宣王好竽必三百人
齊吹南郭先生不善竽而濫於三百之中以食祿湣王立欲一一吹之先生乃逃
趙壹非草書歌十日一筆月數丸墨領袖如皁脣齒皆黑後漢王喬有神術顯宗
時爲葉令每朔望來朝明帝怪之令太史伺望輒有雙鳧從東來羅之得雙舄詔
尚書診視乃四年中所賜履舄也韓退之送李愿歸盤
谷序膏吾車兮秣吾馬又天星詩僕夫起餐車載脂

七月二十四日、以久不雨出禱磻溪、是日宿號縣、二十五日晚、自號縣渡渭、宿於僧舍曾閣、閣故曾氏所建也、夜久不寐、見壁有前縣令趙薦留名、有懷其人。

龕燈明滅欲三更。欹枕無人夢自驚。深谷留風終夜響、亂山銜月半牀明。故人漸遠無消息、古寺空來看姓名。欲向磻溪問姜叟、僕夫屢報斗杓傾。

二十六日五更起行至磻溪未明

夜入磻溪如入峽。照山炬火落驚猿。山頭孤月耿猶在、石上寒波曉更喧。至人舊隱白雲合。神物已化遺蹤蜿

安得夢隨霹靂駕馬上傾倒天瓢翻

王注至人舊隱太公也神物龍也磻溪有龍於此地禱雨也酉陽雜俎李鄘在北都介休百姓送解牒宿晉祠宇下夜有人叩門云介休王暫借霹靂車至介休收麥良久數人共持一物如幢上綴旗旛凡十八葉有光如電以授之次日介休大雷雨損麥千餘頃又李靖嘗投宿一巨宅有老婦延之中夜叩戶甚迅婦出謂靖曰老婦龍也二子俱出今天命行雨欲煩一行遂鞴青驄馬以一瓢水與之戒曰馬躩地嘶鳴即取水一滴滴馬鬃上一滴乃地上一尺愼勿多也靖見旱極連下三十餘滴靖歸婦驚語曰平地水深三丈矣詩意主禱雨故用此事

是日自磻溪往陽平憩於麻田青峰寺之下院

翠麓亭

不到峰前寺空來渭上村此亭聊可喜修徑豈辭捫谷映朱欄秀山含古木尊路窮驚石斷林缺見河奔馬困嘶青草僧留薦晚飧我來秋日午旱久石牀溫安得雲

如蓋能令雨瀉盆共看山下稻涼葉晚翻翻

三水小牘安定郡有峴陽峰峰上有池若雨則雲起池中如車蓋然故里諺曰峴山張蓋雨霧滂霈杜詩白帝城頭雲若屯白帝城下雨翻盆

二十七日自陽平至斜谷宿於南山中蟠龍寺

横槎晚渡碧澗口騎馬夜入南山谷谷中暗水響瀧瀧
嶺上疎星明煜煜寺藏嵒底千萬仞路轉山腰三百曲
風生饑虎嘯空林月黑驚麏竄修竹入門突兀見深殿
照佛青熒有殘燭媿無酒食待游人旋斫杉松煮溪蔌
板閣獨眠驚旅枕木魚曉動隨僧粥起觀萬瓦鬱參差
日亂千巖散紅緑門前商賈負椒荈山後咫尺連巴蜀
何時歸耕江上田一夜心逐南飛鵠

杜甫宿贊上人房詩夜深殿突兀風動金琅璫

是日至下馬磧憩於北山僧舍有閣曰懷賢南直斜谷西臨五丈原諸葛孔明所從出師也

南望斜谷口三山如犬牙西觀五丈原鬱屈如長蛇有懷諸葛公萬騎出漢巴吏士寂如水蕭蕭聞馬檛公才與曹丕豈止十倍加顧瞻三輔間勢若風卷沙一朝長星墜竟使蜀婦髽山僧豈知此一室老煙霞往事逐雲散故山依渭斜客來空弔古清淚落悲笳

漢書文帝紀高帝王子弟地犬牙相制注犬牙言地形如犬之牙交相入也長安志引水經注斜水北歷斜谷過五丈原亦謂之武功水又曰武功蓋在渭水南郿縣北是蜀志建興十二年諸葛亮悉大衆由斜谷出以流馬運據武功五丈原與司馬仲達對於渭南分兵屯田爲久住之基耕者雜於渭濱之間而百姓安堵軍

無私焉詩車攻篇蕭蕭馬鳴毛傳言不讙譁也公詩用此意韻注馬檛鞭也諸葛亮傳先主病篤名亮謂曰君才十倍曹丕必能安國家定大事晉陽秋有星赤而芒角自東北西南流投於亮營三投再還往大還小俄而亮卒戴記婦人髽而弔也自敗於狐駘始也蓋魯臧紇敗於狐駘國人逆喪者皆髽

施註蘇詩卷之一

施註蘇詩卷之二

長洲顧嗣立

漫堂先生宋犖
樸園先生張榕端　閱定

毗陵邵長蘅　刪補

商丘宋至

詩四十五首 起在鳳翔至治平乙巳罷鳳翔任還京師作　施注缺今補

和子由記園中草木十一首

煌煌帝王都，赫赫走羣彦。嗟汝獨何爲，閉門觀物變。微物豈足觀，汝獨觀不倦。牽牛與葵蓼，採摘入詩卷。吾聞山東傳，置酒攜嬿婉。富貴未能忘，聲色聊自遣。汝今又不然，時節看瓜蔓。懷寶自足珍，蓺蘭那計畹。吾歸於汝

處慎勿嗟歲晚

古樂府有煌煌京洛篇本草牽牛生花如鼓子花稍大作碧色陶隱居注蓼有三種一紫蓼一香蓼一青蓼晉書謝安棲遲東山放情丘壑好音樂每遊賞必以妓從離騷既滋蘭之九畹兮又樹蕙之百畝王逸注十二畝曰畹

荒園無數畝草木動成林春陽一已敷妍醜各自矜蒲萄雖滿架困倒不能任可憐病石榴花如破紅襟葵花雖粲粲蔕淺不勝簪叢蓼晚可喜輕紅隨秋深物生感時節此理等廢興飄零不自由盛亦非汝能

種柏待其成柏成人已老不如種叢篲春種秋可倒陰陽不擇物美惡隨意造柏生何苦艱似亦費天巧天工巧有幾肯盡爲汝耗君看藜與藿生意常草草

萱草雖微花孤秀能自拔亭亭亂葉中一一芳心插牽牛獨何畏詰曲自牙蘖走尋荆與榛如有宿昔約南齋讀書處亂翠曉如潑偏工貯秋雨歲歲壞籬落

本草萱草一名鹿蔥嵇康養生論萱草忘憂

蘆筍初似竹稍開葉如蒲方春節抱甲漸老根生鬢不愛當夏綠愛此及秋枯黃葉倒風雨白花搖江湖江湖不可到移植苦勤劬安得雙野鴨飛來成畫圖

行樂惜芳晨秋風常苦早誰知念離别喜見秋瓜老秋瓜感霜霰莖葉颯已槁宦遊歸無時身若馬繫皁悲鳴念千里耿耿志空抱多憂竟何爲使汝玄髮縞

官舍有叢竹結根問囚廳下爲人所徑土密不容釘慇

顔延年赭白馬賦飛黄服皁魏武樂府老驥伏櫪志在千里

懃戒吏卒插棘護中庭遶砌忽墳裂走鞭瘦竛竮我常攜枕簟來此蔭寒青日暮不能去卧聽牕風泠

左傳僖四年公祭之地地墳注高起也

芎藭生蜀道白芷來江南漂流到關輔猶不失芳甘濯濯翠莖滿愔愔清露涵及其未花實可以資筐籃秋節忽已老苦寒非所堪劚根取其實對此微物慼

本草芎藭生武功川谷陶隱居注蜀中亦有而細白芷生河東川谷下澤如掌

自我來關輔南山得再遊山中亦何有草木媚深幽菖

蒲人不識生此亂石溝山高霜雪一作雪霜苦苗葉不得抽下有千歲根蹙縮如蟠蚪長爲鬼神守德薄安敢偷寰宇記咸平中姚咸南採菖蒲有一丈夫謂之曰此菖蒲安期生所餌可以忘老倏而失之神仙傳茅君丹砂二千歲乃結成上帝常使鬼神毒蛇守焉我歸自南山山翠猶在目心隨白雲去夢遶山之麓汝從何方來笑齒粲如玉探懷出新詩秀語奪山綠覺來已茫昧但記說秋菊有如採樵子入洞聽琴筑歸來寫遺聲猶勝人間曲公自注八月十一日夜宿府學方和此詩夢與弟游南山出詩數十篇夢中甚愛之及覺唯記一句云蟋蟀悲秋菊郭璞游仙詩靈妃顧我笑粲然啓玉齒野菊生秋澗芳心空自知無人驚歲晚惟有暗蛩悲花開澗水上花落澗水滑菊衰蛩亦蟄與汝歲相期楚客

方多感秋風詠江蘺落英不滿掬何以慰朝飢吕溫山櫻詩幽處竟誰見芳心空自知李商隱詩莫學漢臣栽苜蓿還同楚客詠江蘺楚辭離騷扈江離與辟芷兮紉秋蘭以爲佩注香草生於江中故曰江離也離蘺通楚辭夕飡秋菊之落英

周公廟廟在岐山西北七八里廟後百許步有泉依山湧冽異常國史所謂潤德泉世亂則竭者也湘山野錄雍熙二年鳳翔奏岐山縣周公廟有泉湧出相傳時平則流亂則竭至大中年復流賜號潤德泉後又涸今其泉復湧澄瑩甘潔太宗嘉之

吾今那復夢周公尚喜秋來過故宮翠鳳舊依山硉兀清泉長與世窮通至今游客傷離黍故國諸生詠雨濛牛酒不來烏鳥散白楊無數暮號風

王注周輿鸑鷟鳴於岐山今爲鳳翔郭璞江賦巨石硉兀以前却古詩白楊多悲風蕭蕭愁殺人

南溪之南竹林中新構一茆堂予以其所處最爲深邃故名之避世堂

猶恨溪堂淺更穿修竹林高人不畏虎避世已無心隱几顏如病忘言兀似一作自瘖茆茨追上古冠蓋謝當今曉夢猿呼覺秋懷鳥伴吟暫來聊解帶屢去欲攜衾湖上行人絕堦前暮雪深應逢綠毛叟扣戶夜抽簪

晉史郭文少愛山水游名山歷華陰之崖窮谷無人之地倚木於樹苫覆其上而居亦無壁障時猛獸爲暴入屋害人而文獨宿十餘年卒無患害莊子南郭子綦隱几而坐嗒焉似喪其耦史記李斯傳采椽不斲茅茨不剪皮日休詩劉根昔成道茲塢四百年毵毵被其體號爲綠毛仙

自淸平鎮遊樓觀五郡大秦延生仙游往返四

日得十一詩寄舍弟子由同作

樓觀注見前卷

鳥噪猿呼晝閉門。寂寥誰識古皇尊。青牛久已辭轅軛。白鶴時來一作來時訪子孫。山近朔風吹積雪。天寒落日淡孤村。道人應怪遊人衆。汲盡階前井水渾。別說老氏乘青牛薄板車續搜神記遼東華表柱上有鶴集其上言曰有鳥有鳥丁令威去家千歲今來歸古樂府朔風吹積雪杜詩淘米少汲水汲多井水渾

五郡

古觀正依林麓斷。居民來就一作說水泉甘。亂溪赴渭爭趨北。飛鳥迎山不復南。羽客衣冠朝上象。野人香火祝春蠶。汝師豈解言符命。山鬼何知託老聃。公自注觀有明皇碑言夢老子告以享國長久之意

授經臺（公自注：乃南山一峰耳，非復有築處）

劍舞有神通草聖。海山無事化琴工。此臺一覽秦川小，不待傳經意已空。

國史補唐張旭善草書自言吾聞公主與擔夫爭道而得筆法之意後見公孫大娘舞劍器而得其神後漢張奐傳注張芝草書爲世所寶韋仲將以爲草聖也書斷旭書類伯英時謂之亞聖水仙操序伯牙學琴於成連三年而成成連曰吾之學不能移人之情吾師方子春在東海中乃齎糧從之至蓬萊山留伯牙曰吾將迎吾師刺船而去旬時不返伯牙心悲延頸四望但聞海水汨沒山林窅冥羣鳥悲號仰天嘆曰先生將移我情乃援琴而作歌按海山無事化琴工句王注引成連事似爲近之又引南史宗少文撫琴動操欲令衆山皆響非詩意矣今刪老子傳經詳見上卷壬寅二月詩注杜子美望嶽詩會當凌絶頂一覽衆山小

大秦寺

晃蕩平川盡。坡陁翠麓橫。忽逢孤塔迥。獨向亂山明。信足幽尋遠。臨風卻立驚。原田浩如海。滾滾（一作袞袞）盡東傾。

漢司馬相如哀二世登陂陁之長阪兮注陂陁不平之貌坡陂通李白詩幽尋無前期乘興不覺遠

仙游潭五首

公自注潭上有寺三一在潭北循黑水而上爲東路至南寺渡黑水西里餘從馬北上爲西路至北寺東路險不可騎馬而西路隔潭潭水深不可測上以一木爲橋不敢過故南寺有塔望之可愛而終不能到

潭

翠壁下無路何年雷雨穿光搖巖上寺深到影中天我欲然一作燃犀看龍應抱寶眠誰能一作言孤石上危坐試僧禪

晉書溫嶠傳嶠旋武昌至牛渚磯水深不可測世云其下多怪物嶠遂燃犀角而照之須臾見水族覆火奇形異狀或乘馬車著赤衣者其夜嶠夢人謂曰與君幽明道別何意相照也意甚惡之嶠至鎮未旬而卒莊子列禦寇夫千金之珠必在九重之淵驪龍頷下子能得珠者必遭其睡也

南寺

東去愁攀石西來怯渡橋碧潭如見試白塔苦相招野

饋慚微薄。村沽慰寂寥。路窮斤斧絶。松桂得干霄。

北寺

唐初傳有此。亂後不留碑。畏虎關門早。無村得米遲。山泉自入甕。野桂不勝炊。信美那能久。應先學忍飢。

杜詩小市常爭米孤城早閉門戰國策蘇秦謂楚王曰國之食貴於玉薪貴於桂謁者難見如鬼王難見如天帝今臣食玉炊桂因鬼見帝不亦難乎王粲登樓賦信美而非吾土兮曾何足以久留

馬融石室

未應將軍聘。初從季直游。絳紗生不識。蒼石尚能留。豈害依梁冀。何須困李侯。吾詩愼勿刻。猿鶴爲君羞。

三輔決錄注摯恂字季直詳見前卷留題仙遊潭注後漢馬融傳大將軍鄧騭聞融名召爲舍人不應命又融教養諸生常有千數常坐高堂施絳紗帳前授生徒

後列女樂弟子以次相傳鮮有入其室者吴祐傳梁冀誣奏李固融在坐爲冀草奏祐謂融曰李公之罪成於卿手李公卽誅卿何面目見天下之人乎

玉女洞。

洞裏吹簫子。終年守獨幽。石泉爲曉鏡。山月當簾鉤。歲晚杉楓盡。人歸霧雨愁。送迎應鄙陋。誰繼楚臣謳。

楚辭沅湘之閒其俗信鬼而好祀使巫覡作樂歌舞以娛神蠻荊陋俗詞多鄙俚屈原旣放逐見而感之爲作九歌韓退之羅池廟碑作迎享送神詩遺柳民俾歌以祀焉

愛玉女洞中水既致兩缾恐後復取而爲使者見紿因破竹爲契使寺僧藏其一以爲往來之信戲謂之調水符。

欺謾久成俗。關市有契繻。誰知南山下。取水亦置符。古人辨淄澠。皎若鶴與梟。吾今旣謝此。但視符有無。常恐汲水人。智出符之餘。多防竟無及。棄置爲長吁。

漢書終軍傳注繻帛邊也關出入皆以傳傳還因裂繻頭合以爲符信也列子孔子曰淄澠之合易牙能辨之鶴鳧用莊子鶴頸長鳧頸短語

自仙游回至黑水見居民姚氏山亭、高絕可愛、復憩其上、

山鴟嘵辭谷。似報游人起。出門猶屢顧。慘若去吾里。道、途險且迂。繼此復能幾。溪邊有危構。歸駕聊復柅。愛此山中人。縹緲如仙子。平生慕獨往。官爵同一屣。胡爲此溪邊。眷眷若有俟。國恩久未報。念此慙且泚。臨風浩悲咤。萬世同一軌。何年謝簪紱。丹砂畱迅晷。

易繫于金柅注止輪木漢書郊祀志天子曰嗟乎誠得如黃帝吾視去妻子如脫屣耳

南溪有會景亭，處衆亭之間，無所見，甚不稱其名。予欲遷之少西，臨斷岸，西嚮可以遠望，而力未暇，特爲製名曰招隱，仍爲詩以告來者，庶幾遷之。

飛簷臨古道，高榜勸遊人。未即令公隱，聊須濯路塵。茇分聚落烟火，傍城闉林缺湖光漏，牕明野意新。居民惟白帽，過客謾朱輪。山好留歸屐，風回落醉巾。他年誰改築，舊製不須因。再到吾雖老，猶堪作坐賓。

南史和帝紀，百姓皆著下屋白紗帽而反裙覆頂。楊惲傳：乘朱輪者十人。落醉巾，王注引孟嘉落帽事，已見前卷。

凌虛臺　王注：在鳳翔廨後園，陳希亮知鳳翔時建。先生集載凌虛臺記

才高多感激道直無往還不如此臺上舉酒邀青山青山雖云遠似亦識公顔崩騰赴幽賞披豁露天慳落日銜翠壁暮雲點烟鬟浩歌清興發放意末禮删是時歲云暮微雪灑袍斑吏退迹如掃賓來勇躋攀臺前飛鴈過臺上雕弓彎聯翩向空墜一笑驚塵寰

李太白詩青山猶銜半邊日韓退之詩擢玉紆烟鬟又雉帶箭詩衝人决起百餘尺紅翎白簇隨傾斜將軍仰笑軍吏賀五色離披馬前墮詩似取其意

竹䶉 王注竹䶉食竹根之鼠也

野人獻竹䶉腰腹大如盎自言道傍得採不費罝網鴟夷讓圓滑混沌慙瘦爽兩牙雖有餘四足僅能髣逢人自驚蹶悶若兒脫襁念此微陋質刀几安足枉就擒太

倉卒羞愧不能饗南山有孤熊擇獸行舐掌韓退之詩腰腹空大何能爲鴟夷酒器詳本卷次韻柳子玉詩注神異經崑崙西有獸焉其狀如犬長毛四足似熊名曰混沌退之詩擇肉於熊羆冐視兔與貍

渼陂魚

公自注陂在鄠縣王注杜詩有渼陂行字從水從美以陂中魚故得名渼音美

霜筠細破爲雙掩中有長魚如臥劍紫荇穿顋氣慘悽紅鱗照座光磨閃擕來雖遠鬣尚動亰不待熟指先染坐客相看爲解顏香粳飽送如塡塹早歲嘗爲荆渚客黄魚屢食沙頭店濱江易採不復珍盈尺輒棄無乃僭自從西征復何有欲致南烹嗟久欠游鯈瑣細空自腥亂骨縱横動遭砭故人遠餽何以報客俎久空驚忽贍東道無辭信使頻西鄰幸有庖虀釅魚欠切

孟浩然詩游魚擁劍來左傳宣公四年鄭靈公烹黿子公之食指動公故弗與子公怒染指於鼎嘗之而出曹植詩食若塡巨壑杜子美詩半濕擣香粳韓退之詩淅玉炊香粳杜詩頓頓食黃魚地志沙頭鎭屬荆南府韓南食詩我來禦魑魅自宜味南烹

讀道藏

嗟予亦何幸偶此琳宮居宮中復何有戢戢千函書盛以丹錦囊冒以靑霞裾王喬掌關籥蚩尤守其廬乘閒竊掀攬涉獵豈暇徐至人悟一言道集由中虛心閑反自照皎皎如芙蕖千歲厭世去此言乃籧篨人皆忽其身治之用土苴何暇及天下幽憂吾未除

韓退之贈崔立之詩戢戢已多如束筍漢武內傳帝見西王母巾器中有一卷小黃書盛以紫錦之囊帝問此何書曰五岳眞形圖也其文祕禁令侍女宋靈賓更取一圖以與帝靈賓探懷中得一卷盛以雲錦之囊因以付帝乾臊子何讓之見一老翁歌讓之逐入丘化狐遁去案上得書一紙云何以蔽裸霞裾雲緉王注蚩尤

神名道藏中多畫蚩尤守禦之狀[前漢]賈山涉獵書記不能爲醇儒[莊子]惟道集虛[王注]道家存想法當想心如未開蓮花[韻注]籧篨敝竹器也[莊子]千歲厭世去而上仙[又]道之眞以治身其土苴以治天下[又]堯以天下讓子州支父子州支父曰我適有幽憂之疾未暇治天下也

十二月十四日夜微雪明日早往南溪小酌至晚

南溪得雪眞無價。走馬來看及未消。獨自披榛尋履迹。最先犯曉過朱橋。誰憐破屋眠無處。坐覺村飢語不囂。惟有暮鴉知客意。驚飛千片落寒條。

趙景眞與嵇茂齊書涉澤求蹊披榛覓路[履迹]蓋用東郭先生雪中履迹也[杜牧之詩]澤闊鳥來遲村飢人語早

九月中曾題二小詩於南溪竹上既而忘之昨日再遊見而錄之

湖上蕭蕭疎雨過。山頭靄靄暮雲横。陂塘水落荷將盡。城市人歸虎欲行。誰謂江湖居。而爲虎豹宅。焚山豈不能。愛此千竿碧。

司竹監燒葦園因召都巡檢柴貽勗左藏以其徒會獵園下

官園刈葦留枯槎。深冬放火如紅霞。枯槎燒盡有根在。春雨一洗皆萌芽。黄狐老兔最狡捷。賣侮百獸常矜誇。年年此厄竟不悟。但愛蒙密爭來家。風迴焰卷毛尾熱。欲出已被蒼鷹遮。野人來言此最樂。徒手曉一作時出歸滿車。巡邊將軍在近邑。呼來颯颯從矛叉。戍兵久閑可小試戰鼓雖凍猶堪撾，雄心欲搏南澗虎。陣勢頗學常山蛇，霜乾火烈聲爆野。飛走無路號且呀，迎人截來砉（一作苦）逢箭，避犬（一作火）逸去窮投罝。擊鮮走馬殊未厭，但恐落日催棲鵶。弊旗仆鼓坐數獲，鞍挂雉兔肩分麞。主人置酒聚狂客，紛紛醉語曉更譁。燎毛燔肉不暇割，飲啖直欲追羲媧。青丘雲夢古所吒，與此何啻百倍加。苦遭諫疏説夷羿，又被賦客嘲淫奢。豈如閑官走山邑，放曠不與趨朝衙。農工已畢歲云暮，車騎雖少賓殊佳。酒酣上馬去不告，獵獵霜風吹帽斜。

周官大司馬羣吏弊旗注弊仆也司馬相如子虛賦秋田乎青丘彷徨乎海外吞若雲夢者八九其於胸中曾不芥蔕左傳魏絳諫晉侯引虞人之箴曰在帝夷羿

冒於原獸又相如賦盛推雲夢以爲高奢言淫樂而顯侈靡竊爲足下不取也北史獨孤信嘗因獵日暮馳馬入城其帽微側詰旦人有戴帽者咸慕信側其帽焉

和子由木山引水二首

蜀江久不見滄浪。江上枯槎遠可將。去國尚能三犢載。汲泉何愛一夫忙。崎嶇好事人應笑。冷淡爲歡意自長。遥想納凉清夜永。牕前微月照汪汪。

千年古木卧無梢。浪卷沙翻去似瓢。幾度過秋生蘚暈。至今流潤應江潮。泫然疑有蛟龍吐。斷處人言霹靂焦。材大古來無適用。不須鬱鬱慕山苗。

王注一江有潮來枯木先潤若相應也柳宗元霹靂琴贊引始枯桐生石上言有蛟龍伏其竅一夕暴震爲火焚至旦乃已超道人取以爲三琴云杜子美詩志士幽人莫怨嗟古來材大難爲用左思詠史詩鬱鬱澗底松離離山上苗以彼徑寸莖蔭此百尺條

寄題興州鼂太守新開古東池

百畝新池傍郭斜。居人行樂路人誇。自言官長如靈運。能使江山似永嘉。縱飲座中遺白帢。音蛤幽尋盡處見桃花。不堪山鳥號歸去。長遣王孫苦憶家。

南史謝靈運爲永嘉太守郡有名山水素所愛好遂肆志遨遊尋山陟嶺必造幽勝嵓嶂千里莫不遍歷所至輒爲詩以致其意永嘉今溫州也貫休詩永嘉爲郡後山水添鮮碧永嘉志本漢東甌縣晉太康二年明帝立永嘉郡王注帢帽也魏初有白帢之製

華陰寄子由

三年無日不思歸。夢裏還家旋覺非。臘酒送寒催去國。東風吹雪滿征衣。三峰已過天浮翠。四扇行看日照扉。里堠消磨不禁盡。速攜家餉勞驂騑。

華山記其上有三峰直上晴霽可覩三峰蓮華松檜毛女也韓退之詩荆山已去華山來日出潼關四扇開又路傍堠詩堆堆路傍堠一雙復一隻注封堠也

和董傳留别

王注董傳字至和洛陽人有詩名嘗在鳳翔與東坡相從韓魏公鎮長安傳有詩云古來風義遺才少近世公卿薦士稀韓舉而已卒矣

麤繒大布裹生涯腹有詩書氣自華厭伴老儒烹瓠葉强隨舉子踏槐花囊空不辦尋春馬眼亂行看擇壻車得意猶堪誇世俗詔黄新濕字如鴉

後漢劉昆教授弟子恒五百餘人每春秋享射常備列典儀以素木瓠葉爲俎豆詩小雅幡幡瓠葉采之亨之序曰刺幽王棄禮而不能行故思古之人不以微薄廢禮焉南部新書長安舉士六月後落第者不出京謂之過夏時語曰槐花黄舉子忙王注唐進士開宴常寄曲江亭其日公卿家傾城縱觀鈿車珠韉櫛比而至中東榻之選十八九盧仝詩開來案上翻墨汁塗抹詩書如老鴉

次韻柳子玉見寄

薄雷輕雨曉晴初，陌上春泥未濺裾。行樂及時雖有酒，出門無侶謾看書。遙知寒食催歸騎，定把鴟夷載後車。他日見邀須强起，不應辭病似相如。

漢書陳遵傳：鴟夷滑稽，腹如大壺。注：鴟夷，韋囊以盛酒，卽今鴟夷幐也。史記司馬相如傳：相如與臨卭令王吉相善。臨卭富人相謂曰：令有貴客，爲具召之。并召令。相如謝病不能行，臨卭令不敢嘗食，自往迎相如。相如不得已强往，一座盡傾。

送曾子固倅越得燕字

王注：子固名鞏，南豐人。嘉祐二年永叔知貢舉，子固兄弟四人同登科。

醉翁門下士，雜沓難爲賢。曾子獨超軼，孤芳陋羣妍。昔從南方來，與翁兩聯翩。翁今自憔悴，子去亦宜然。賈誼窮適楚，樂生老思燕。那因江鱠美，遽厭天庖羶。但苦世論隘，聒耳如蜩蟬。安得萬頃池，養此橫海鱣。

漢書劉向傳雜沓衆賢罔不肅和賈誼傳天子議以誼任公卿之位絳灌之屬皆害之出爲長沙太傅長沙楚地也史記樂毅傳毅去燕奔趙燕王以其子閒爲昌國君而毅往來復通燕賈誼弔屈原賦橫江湖之鱣鯨兮固將制於螻蟻李白詩魯國一杯水難容橫海鱗王注先生詩案云送曾鞏詩以譏近來多用刻薄之人議論鄙陋如蟬之鳴不足聽也以詩案考之此詩作於熙寧三年不當入此

王頤赴建州錢監求詩及草書

我昔識子自武功寒廳夜語尊酒同酒闌燭盡語不盡倦僕立寐僵屛風丁寧勸學不死訣自言親受方瞳翁嗟予聞道不早悟醉夢顚倒隨盲聾邇來憂患苦摧剝意思蕭索如霜蓬羨君顏色愈少壯外慕漸少由中充河車挽水灌腦黑丹砂伏火入頰紅大梁相逢又東去但道何日辭樊籠未能便乞勾漏集作岣嶁誤令官曹似是錫

與銅雷詩河上慰離別草書未暇緣忽忽一作忩忩

漢地理志武功縣屬右扶風韓退之答張徹詩勤來得晤語勿憚宿寒廳漢書陳萬年病召其子咸教戒於牀下語至夜半咸睡頭觸屏風南史陶弘景年踰八十而有壯容仙書云眼方者壽千歲弘景末年一眼有時而方又李根兩目瞳子皆方仙經說八百歲人瞳子方也黃庭經北方正氣名河車仙經云鉛絕河車空所作必無功河車挽水蓋搬運之法古嵩子眞訣大丹第六轉以文武火養一伏時成其伏火朱砂以楮汁丸如麻子大每日下三丸駐顏定色莊子內篇澤雉十步一啄百步一飲不蘄畜乎樊中漢書地理志交趾郡屬縣有苟屚師古曰屚與漏同蓋卽勾漏也續志安南有勾漏山古縣在其下晉書葛洪聞交趾出丹砂求爲勾漏令帝不許洪曰非欲求榮以有丹爾杜子美詩遠慚勾漏令不得問丹砂後漢書注張伯英下筆必爲楷則號忩忩不暇草書

秀州僧本瑩靜照堂

鳥囚不忘飛馬繫嘗念馳靜中不自勝不若聽所之君看厭事人無事乃更悲貧賤苦形勞富貴嗟神疲作堂名靜照此語子謂誰江湖隱淪士豈無適時資老死不

自惜扁舟自娱嬉從之恐莫見况肎從我爲史記陳軫謂犀首曰公何好飲也曰無事也軫謂曰吾令公厭事可乎

石蒼舒醉墨堂王注蒼舒京兆人字才美善行草人謂得草聖三昧官爲承事郎通判保安庫嘗爲丞相呂公微仲所薦不達而卒

人生識字憂患始姓名麄記可以休何用草書誇神速開卷惝怳令人愁我嘗好之每自笑君有此病何能瘳自言其中有至樂適意無異逍遥遊近者作堂名醉墨如飲美酒銷百憂乃知柳子語不妄病嗜土炭如珍羞君於此藝亦云至堆墻敗筆如山丘興來一揮百紙盡駿馬倏忽踏九州我書意造本無法點畫信手煩推求

胡爲議論獨見假。隻字片紙皆藏收。不減鍾張君自足。下方羅趙我亦優。不須臨池更苦學。完取絹素充衾裯。

杜子美詩子雲識字終投閣　史記項藉學書不成其季父梁怒之藉曰書足以記姓名而已　杜醉歌行總角草書又神速世上兒子徒紛紛　張衡賦神慴悅以疑愁　栁子厚答崔黯書凡人好辭工書皆病癖也吾嘗見病心腹人有啗土炭嗜酸鹹者不得則大戚觀吾子之意亦戚矣　國史補長沙僧懷素好草書棄筆堆積埋於山下號曰筆冢　南史曹景宗爲人自恃高勝每作書字有不解不以問人皆以意造　懷素帖王右軍云吾眞書過鍾而草故不減張僕以爲眞不如鍾草不如張　三輔决錄杜伯度崔子玉以工草書稱於前世趙襲與羅暉亦以能草頗自矜夸故張伯英與友人書曰上比崔杜不足下方羅趙有餘　後漢書注張芝字伯英好草書家之衣帛必先書後染臨池學書池水盡黑

送安惇秀才失解西歸。

舊書不厭百回讀。熟讀深思子自知。他年名宦恐不免。今日棲遲那可追。我昔家居斷還往。著書不復窺園葵。

竭來東遊慕人爵。棄去舊學從兒嬉。狂謀謬算百不遂。惟有霜鬢來如期。故山松柏皆手種。行且拱矣歸何時。萬事早知皆有命。十年浪走寧非癡。與君未可較得失。臨别惟有長嗟咨。

晉董遇字季直華陰人興平中關中擾亂與兄仲耒耜負販而常挾持經史人有從遇學者遇不肎教云必當先讀百回讀書百遍而義自見漢書董仲舒孝景時爲博士下帷講誦蓋三年不窺園［王注］園葵用公儀子拔去園葵字［左傳］秦穆公使孟明西乞白乙伐鄭蹇叔哭之公曰爾何知中壽爾墓之木拱矣［南史］沈攸之言早知窮達有命恨不十年讀書

送任伋通判黃州兼寄其兄孜［王注］孜時爲簡州平泉令字師聖伋字師中皆名士眉人也東坡謂之大任小任兄弟於慶曆間登第

吾州之豪任公子。少年盛壯日千里。無媒自進誰識之。

有才不用今老矣别來十年學不厭讀破萬卷詩愈美黄州小郡夾谿谷茆屋數家依竹葦知命無憂子何病見賢不薦誰當恥平原老令更可悲六十青衫貧欲死桐鄉遺老至今泣潁川大姓誰能箠因君寄聲問消息莫對黄鵠矜爪觜

史記田光曰騏驥盛壯之時一日而馳千里至其衰老駑馬先之杜子美詩讀書破萬卷下筆如有神漢書循吏傳朱邑病且死屬其子曰我故爲桐鄉吏其民愛我必葬我桐鄉後世子孫奉嘗我不如桐鄉民李白詩六帝餘古丘樵蘇泣遺老漢書趙廣漢傳潁川大姓原褚宗族恣横賓客犯爲盜賊前二千石莫能禽制廣漢既至數月誅原褚首惡郡中震慄韓退之詩𪗋連細而黠有似黄鵠子田巴兀老蒼憐汝矜爪觜

施註蘇詩卷之二

施註蘇詩卷之三

漫堂先生宋犖　長洲顧嗣立
樸園先生張榕端　閱定　毗陵邵長蘅　删補
商丘宋至

詩四十五首 起熙寧己酉還京師至辛亥乞外除通判杭州赴任由陳潁過廣陵作

和子由初到陳州見寄二首

道喪雖云久吾猶及老成如今各衰晚那更治刑名懶惰便樗散疎狂託聖明阿奴須碌碌門戶要全生

莊子吾有大木人謂之樗曲輮櫟社其大蔽牛匠石曰散材也杜子美詩鄭公樗散鬢如絲晉列女傳周顗母李氏謂顗等曰我屈節爲汝家妾門戶計耳中興時顗等並列顯位因冬至置酒絡秀舉觴賜三子曰爾等並貴列吾目前吾復何憂嵩曰恐不如尊旨伯仁好乘人之弊非自全之道嵩性抗直亦不容於世惟阿奴

篠篠當在阿母目下耳李氏字絡秀顗字伯仁謨小字阿奴

舊隱三年別，杉松好在不。吾今尚眷眷，此意恐悠悠。閉戶時尋夢，無人可說愁。還來送別處，雙淚寄南州。

次韻子由綠筠堂

愛竹能延客，求詩剩挂墻。風梢千纛亂，月影萬夫長。谷鳥驚碁響，山蜂識酒香。只應陶靖節，會聽北窗涼。宋子京詩槩竹森煙纛杜牧之晚晴賦竹林外裹兮十萬丈夫甲刃樅樅密陣而環侍

送劉攽倅海陵劉攽字貢父臨江新喻人與王介甫論新法不便介甫怒斥通判泰州

君不見阮嗣宗，臧否不挂口。莫誇舌在牙齒牢，是中惟可飲醇酒。讀書不用多，作詩不須工。海邊無事日日醉，

夢魂不到蓬萊宮。秋風昨夜入庭樹。蓴絲未老君先去。君先去。幾時迴。劉郎應白髮。桃花開不開。

晉阮籍傳籍字嗣宗發言玄遠口不臧否人物史記張儀傳嘗從楚相飲已而楚相亡璧門下意張儀共執掠笞其妻曰子母讀書游說安得此辱乎儀曰視吾舌尚在否妻笑曰舌在也儀曰足矣韓退之贈劉師服詩羨君齒牙牢且潔大肉硬餅如刀截南史謝瀹傳兄朏指瀹口曰此中惟宜飲酒白樂天詩不用更教詩過好折君官職是詩名村詩莫相疑行憶獻三賦蓬萊宮晉張翰傳因秋風起思吳中菰菜蓴羹鱸魚膾命駕而歸齊民要術四月蓴生莖而無葉名雉尾蓴芽甚肥美葉舒長名絲蓴劉禹錫還京師詩南曹舊吏來相問何處淹留白髮生又贈看花君子詩玄都觀裏桃千樹盡是劉郎去後栽再游玄都觀詩桃花淨盡菜花開

王注公赴詔獄供此詩譏諷朝廷新法不便不容人直言不如耳不聞而口不言也

送錢藻出守婺州得英字

錢藻字醇老武肅王鏐五世孫熙寧三年以尚書司封郎祕閣校理出守婺州同舍之士飲餞於觀音院會者凡二十人醇老爲詩二十言以示坐者各取其一言爲韻賦詩送之曾鞏爲之序

老手便劇郡。高懷厭承明。聊紆東陽綬。一濯滄浪纓。東陽佳山水未到意已淸過家父老喜出郭壺漿迎子行得所願愴恨居者情吾君方急賢日旰坐邇英黃金招樂毅白璧賜虞卿子不少自貶陳義空崢嶸古稱爲郡樂漸恐煩敲搒音崩臨分敢不盡醉語醒還驚

漢朱邑傳遠守劇郡馭於繩墨嚴助傳上賜書曰君厭承明之廬注承明廬在石渠閣外揚子使我紆朱懷金唐地理志婺州東陽郡劉禹錫答于令詩東陽本是佳山水何況曾經沈隱侯後漢岑彭傳南還津鄉有詔過家上冢白樂天初到江州詩遙見朱輪來出郭相迎勞動使君公文選班叔皮北征賦心愴恨以傷懷左傳日旰注旰晏也漢張湯傳每朝奏事語國家用日旰天子忘食宋仁宗景祐二年置邇英在迎陽門之北東向延義在崇政殿之西南隅上谷郡圖經燕太子丹築臺置千金其上以招賢士天下謂之黃金臺柳子厚詠史燕有黃金臺遠致望諸君史記樂毅傳趙封於觀津號望諸君虞卿傳躡蹻擔簦說趙孝成王一見賜黃金百鎰白璧一雙孔子世家子貢曰夫子之道至大也故天下莫能容夫子盍少貶焉莊子屠羊說居處卑賤而陳義甚高杜子美詩崢嶸吐高論漢書東方朔傳注搒擊也韓退之赴江陵詩何況親犴獄敲搒發姦偸公烏臺詩話熙寧三年三月作古詩一首送錢藻此詩除無譏諷外言朝廷方急賢才多士並進子獨遠

出爲郡不少自勉强求進但守道義意譏當時之人急進也又言靑苗助役旣行百姓輸納不前爲郡者不免用鞭箠催督醉中道此語醒後還驚恐得罪朝廷以譏諷新法不便之故也

送呂希道知和州 呂希道字景純河東人丞相文靖公之孫翰林侍讀學士公綽之子歷知解和滁汝澶湖亳七州

去年送君守解梁。今年送君守歷一作櫪陽。年年送人作太守。坐受塵土堆胷腸。君家聯翩三將相。富貴未已今方將。鳳雛驥子生有種。毛骨往往傳諸郎。觀君崛鬱負奇表。便合劍佩趨明光。胡爲小郡屢奔走。征馬未解風帆張。我生本自便江海。忍恥未去猶徬徨。無言贈君有長歎。美哉河水空洋洋。

九域志解州解梁城事見左傳唐地理志和州歷陽郡世說羅友家貧乞祿於桓溫曰昨逢一鬼大揶揄云只見汝送人作郡不見人送汝作郡溫笑以爲襄陽太守王注蒙正謚文穆本朝名相其姪曰夷簡夷簡之子曰公著皆爲將相晉書陸雲幼時吳尚書閔鴻見而奇之曰此兒若非龍駒當是鳳雛北齊裴景鸞景鴻並有逸才河東呼景鸞爲驥子杜子美入奏行竇侍御驥之子鳳之雛世說王右軍道祖士少風領毛骨恐沒世不復見如此人西漢有明光宮史記孔子將西見趙簡子至於河而聞竇鳴犢舜華之死也臨河而嘆曰美哉水洋洋乎丘之不濟此命也夫

次韻王誨夜坐

愛君東閤能延客。顧我閑官不計員。策杖頻過知未厭卜居相近豈辭遷。莫將詩句驚搖落。漸喜樽罍省僕緣待約月明池上宿。夜深同看水中天。

漢公孫弘傳起客舍開東閣以延賢人宋玉九辯悲哉秋之爲氣也蕭瑟兮草木搖落而變衰莊子人間世篇愛馬者以筐盛矢以蜄盛溺適有蚊虻僕緣而拊之不時則缺銜毀首碎胷李太白詩人乘海上月帆落湖中天賈島詩船壓水中天

送文與可出守陵州文與可名同梓潼人畫竹石妙絶一世得者皆寶之

壁上墨君不解語。見之尚可消百憂。而況我友似君者。素節凜凜欺霜秋。清詩健筆何足數。逍遥齊物追莊周。奪官遣去不自覺。曉梳脱髮誰能收。江邊亂山赤如赭。陵陽正在千山頭。君知遠别懷抱惡。時遣墨君解我愁。

東坡墨君堂記王子猷謂竹君天下從而君之無異辭今與可又以墨君之形容作堂以居而屬余爲文後漢孔融傳凜凜焉皜皜焉與琨玉秋霜比質杜詩復憶襄陽孟浩然清詩句句盡堪傳又庾信文章老更成凌雲健筆意縱横莊子内篇有逍遥游齊物論晉王羲之傳中年以來傷於哀樂與親友别輒作數日惡杜詩使我不能飡令我惡懷抱

送劉道原歸覲南康劉道原名恕筠州人介甫執政道原在館閣欲引寘條例司固辭是時介甫權震天下人不敢忤而道原憤憤欲與之抗又條陳所更法令不合衆心者至面刺其過介甫怒變色道原不以爲意或稠人廣坐對

其門生誦言得失無所避遂與之絶此詩端爲介甫而發以孔融汲黯比道原曹操張湯况介甫又云雖無尺箠與寸刃口吻排擊含風霜益著其面折之實也

晏嬰不滿六尺長高節萬仞陵首陽青衫白髮不自歎
富貴在天那得忙十年閉戶樂幽獨百金購書收散亡
朅來東觀弄丹墨聊借舊史誅姦強孔融不肎下曹操
汲黯本自輕張湯雖無尺箠與寸刃口吻排擊含風霜
自言靜中閲世俗有似不飲觀酒狂衣巾狼藉又屢舞
傍人大笑供千場交朋翩翩去畧盡惟我與子猶傍徨
世人共弃君獨厚豈敢自愛恐子傷朝來告别驚何速
歸意已逐征鴻翔匡廬先生古君子挂冠兩紀鬢未蒼

定將文度置膝上喜動鄰里烹豬羊君歸爲我道名姓一作姓字幅巾他日容登堂

史記晏嬰傳晏子長不滿六尺身相齊國名顯諸侯後漢和帝紀永元十三年幸東觀覽書林閱篇籍博選術藝之士以充其官韓退之詩丹墨交橫揮又答崔立之書將作唐之一經垂之於無窮誅姦諛於既死發潛德之幽光後漢孔融傳見曹操雄詐漸著數不能堪故發辭徧宕多致乖忤漢汲黯傳張湯以更定律令爲廷尉黯質責湯於上前憤怒罵曰天下謂刀筆吏不可爲公卿果然必湯也韓送張道士詩恨無一尺箠爲國笞羌夷又臣有一寸刃西京雜記淮南王著鴻烈書自云字中皆挾風霜漢蓋寬饒傳無多酌我我迺酒狂史記滑稽傳淳于髡曰履舄交錯杯盤狼藉當此之時能飲一石毛詩屢舞僛僛又屢舞僊僊李白短歌行天公見玉女大笑供千場韓答胡生書不敢自愛懼生之無益而有傷也廬山記匡俗先生姓匡名俗殷周之際遯世隱居廬於此山因號廬山亦曰匡山按匡廬先生謂道原父俗一作續後漢逢萌傳解冠挂東都城門晉書陶弘景挂冠神武門王述傳述愛子坦之雖長大猶抱置膝上坦之字文度古樂府木蘭歌磨刀霍霍向豬羊後漢法眞傳太守請見眞乃幅巾詣謁又符融傳融幅巾奮袖談辭如雲

出都來陳所乘船上有題小詩八首不知何人

有感於余心者聊爲和之

蛙鳴青草泊蟬噪垂楊浦吾行亦偶然及此新過雨

鳥樂忘罝罦魚樂忘鉤餌何必擇所安滔滔天下是

莊子胠篋篇鉤餌罔罟罾笱之知多則魚亂於水矣削格羅落罝罘之知多則獸亂於澤矣

煙火動村落晨光尚熹微田園處處好淵明胡不歸

廣雅村落居也陶淵明歸去來辭歸去來兮田園將蕪胡不歸又問征夫以前路恨晨光之熹微

我行無疾徐輕楫信容漾船畱村市閙閙發寒波漲

舟人苦炎熱宿此喬木灣清月未及上黑雲如頹山

後漢光武紀王邑圍昆陽有雲如壞山當營而隕庾信詠懷詩哭市開妖獸頹山起怪雲歐陽答聖俞大雨詩夕雲若頹山夜雨如決渠

萬竅號地籟衝風散天池喧豗瞬息間還挂斗與箕

莊子齊物論大塊噫氣其名爲風是惟無作作則萬竅怒號又地籟則衆竅是已楚辭九歌衝風起兮水横波莊子逍遥游南溟者天池也

潁水非漢水亦作蒲萄緑恨無襄陽兒令唱銅鞮曲

李白襄陽歌遥看漢水鴨頭緑恰似蒲桃初醱醅又襄陽小兒齊拍手攔街爭唱白銅鞮古樂府有白銅鞮歌

我詩雖云拙心平聲韻和年來煩惱盡古井無由波

白樂天贈元稹詩無波古井水有節秋竹竿孟郊詩妾心古井水波瀾誓不起

次韻張安道讀杜詩 張文定公名方平字安道

大雅初微缺流風困暴豪張爲詞客賦變作楚臣騷展轉更崩壞紛綸閱俊髦地偏蕃怪産源失亂狂濤粉黛迷眞色魚鰕易豢牢誰知杜陵傑名與謫仙高掃地收千軌爭標看兩艘詩人例窮苦天意遣奔逃塵暗一作闇人

亡鹿濵𪊨帝斬鼇艱危思李牧述作謝王襃失意各千里哀鳴聞九臯騎鯨遁滄海捋虎得綈袍巨筆屠龍手微官似馬曹廷疎無事業醉飽死游遨簡牘儀刑在兒童篆刻勞今誰主文字公合抱旌旄開卷遙相憶知音兩不遭般斤思郢質鯤化陋儵濠恨我無佳句時嘗致白醪殷勤理黃菊未遣沒蓬蒿

班孟堅兩京賦序賦者古詩之流也史記屈原傳憂愁幽思而作離騷離騷者猶離憂也韓退之調張籍詩李杜文章在光燄萬丈長又帝欲長吟哦故遣起且僵漢蒯通傳秦失其鹿天下共逐之列子湯問篇昔者女媧氏鍊五色石以補其闕斷鼇之足以立四極王注亡鹿言明皇天寶之亂斬鼇言肅宗誅安史再造唐室漢馮唐傳文帝曰嗟乎吾獨不得廉頗李牧爲將豈憂匈奴哉漢王襃傳益州刺史王襄使襃作中和樂職宣布詩杜子美送孔巢父詩巢父掉頭不肯住東將入海隨煙霧又若逢李白騎鯨魚道甫問信今何如唐杜甫傳流落劍南會嚴武節度西川往依焉武以世舊待甫甚善雲谿友議甫曰不謂嚴挺之有此兒武恚目

之曰杜審言孫擬捋虎鬚莊子列御寇篇朱泙漫學屠龍於支離益單千金之家三年技成而無所用其巧世說王子猷爲桓冲騎兵參軍桓問曰卿何署答曰不知何署時見牽馬來似是馬曹杜甫傳甫客耒陽令嘗饋牛炙白酒大醉一昔卒揚子彫蟲篆刻壯夫不爲韓詩文字鋭氣在輝輝見旌旄揚子般之揮斤羿之激矢莊子徐無鬼篇郢人堊漫其鼻端使匠石斲之運斤成風盡堊而鼻不傷宋元君召匠石爲之曰臣則嘗能斲之雖然臣之質死久矣逍遥游篇北溟有魚其名爲鯤化而爲鳥其名爲鵬秋水篇莊子與惠子游於濠梁之上莊子曰儵魚出游從容是魚樂也高士傳張仲蔚常居窮素所處蓬蒿沒人

送張安道赴南都留臺

我公古仙伯。超然羨門姿。偶懷濟物志。遂爲世所縻。黃龍游帝郊。簫韶鳳來儀。終然反溟極。豈復安籠池。出入四十年。憂患未嘗辭。一言有歸意。闔府諫莫移。吾君信英睿。搜士及茆茨。無人長者側。何以安子思。歸來掃一室。虛白以自怡。游於物之初。世俗安得知。我亦世味薄因循鬢生絲。出處良細事。從公當有時。

王注道科有仙卿仙伯如大茅君傳有云紫陽左公太極仙伯是也神仙傳王知遠謂弟子曰吾漸游洞府仙曹除吾爲少室仙伯史記封禪書秦始皇東游海上求仙人羨門之屬應劭曰羨門名子高古仙人也揚雄傳鳳凰巢其樹黃龍游其沼瑞應圖黃龍居四龍之長神靈之精舜東巡狩黃龍負圖置舜前潘安仁秋興賦譬猶池魚籠鳥而有江湖之思莊子人間世虛室生白吉祥止止又田子方篇老聃曰吾游於物之初韓退之示爽詩我老世味薄因循致留連又閔己賦在隱約以平寬固哲人之細事

傅堯俞濟源草堂

傅堯俞字欽之

微官共有田園興。老罷方尋隱退廬。栽種成陰十年事倉黃欲買百金無。先生卜築臨清濟。喬木如今似畫圖隣里亦知偏愛竹。春來相與護龍雛。

管子十年之計莫如樹木杜反照詩荻岸如秋水松門似畫圖吳僧贊寧筍譜俗間謂筍爲龍孫盧仝詩萬籜抱龍孫攢迸溢林藪

陸龍圖詵挽詩 陸詵字介夫餘杭人以龍圖閣直學士知成都青苗法出詵言蜀峽刀耕火種民食常不足至種芋充饑願罷四路使者并言差役水利事皆不當改詔獨置成都府一路提舉省其三使詩云挺然直節庇峩岷蓋謂是也所歷桂延秦鳳晉眞定成都六州秦鳳未上而改命詩云六州巷哭蓋總言之爾

挺然直節庇峩岷謀道從來不計身屬纊家無十金產。過車巷哭六州民。塵埃輦寺三年别。樽俎岐陽一夢新。他日思賢見遺像。不論宿草更沾巾。

禮記屬纊以俟絶氣漢揚雄傳家產不過十金乏無擔石之儲晏如也後漢祭遵傳喪還光武幸城門過其車騎孔叢子子產死鄭人巷哭三月晉羊祜傳祜卒南州人號慟罷市巷哭者聲相接王注東坡與介夫相别於京師而會於鳳翔故詩及之唐地里志鳳翔府貞觀七年置岐陽縣趙抃成都古今集記大聖慈寺思賢閣歷政知府一一繪像因以爲名禮記曾子曰朋友之墓有宿草而不哭焉

胡完夫母周夫人挽詞 胡完夫名宗愈常州人

柏舟高節冠鄉鄰。絳帳清風聳搢紳。豈似凡人但慈母。能令孝子作忠臣。當年織屨隨方進。晚節稱觴見伯仁。回首悲凉便陳迹。凱風吹盡棘成薪。

晉列女傳韋逞母宋氏父授以周禮音義逞仕苻堅爲太常堅嘗幸太學問博士經典時博士盧壼曰惟周官禮注未有其師自非此母無可以傳授後生於是就宋氏家立講堂隔絳紗幔受業漢翟方進傳欲西至京師受經母憐其幼隨之長安織屨以給晉周伯仁注見本卷謝靈運廬陵王墓下詩道消結憤懣運開申悲凉晉王羲之蘭亭序俛仰之閒已爲陳迹詩國風凱風自南吹彼棘薪

次韻柳子玉過陳絕糧二首

風雨蕭蕭夜晦迷。不須鳴叫强知時。多才久被天公怪。閟食惟應爨婦知。杜叟挽衣那及脛。顏公食粥敢言炊。詩人情味眞嘗徧。試問於今底處一作事虧。

詩國風風雨蕭蕭鷄鳴膠膠小序風雨思君子也韓退之雙鳥詩天公恠兩鳥各捉一處囚杜子美同谷縣詩黃精無苗山雪盛短衣數挽不掩脛顏魯公乞米帖拙於生事舉家食粥來已數月

如我自觀猶可厭。非君誰復肎相尋。圖書跌宕悲年老。燈火青熒語夜深。早歲便懷齊物意。微官敢有濟時心。南行千里成何事。一聽秋濤萬鼓音。

江文通恨賦脫畧公卿跌宕文史莊子有齊物論白樂天詩可惜濟時心力在

潁州初别子由二首 神宗青苗法既行子由度不能救以書抵介甫指陳其決不可者且請補外介甫大怒將加以罪同列止之除河南推官會張安道知陳州辟爲教授東坡是時亦以論新法爲介甫所嫉通判杭州出都來陳子由送至潁且同謁歐陽公而别蓋熙寧四年也

征帆挂西風。别淚滴清潁。畱連知無益。惜此須臾景。我生三度别此别尤酸冷念子似先君木訥剛且靜寡辭眞吉人介石乃機警至今天下士去莫如子猛嗟我久病狂意行無坎井有如醉且墜幸未傷輒醒從今得閑暇默坐消日永作詩解子憂持用日三省

元微之别白樂天詩自識君來三度别遮回白盡老髭須周易吉人之辭寡又介於石不終日貞吉劉禹錫蠻子歌意行無舊路柳子厚愚谿對吾足蹈坎井頭抵木石莊子達生篇醉者之墜車雖疾不死骨節與人同而患害與人異其神全也王注公赴詔獄供此詩言弟曾爭議新法不合乞罷旣美其去果決亦是譏新法之不便也

近别不改容遠别涕霑胷咫尺不相見實與千里同人生無離别誰知恩愛重始我來宛丘牽衣舞兒童便知有此恨留我過秋風秋風亦已過别恨終無窮問我何

年歸我言歲在東離合既循環憂喜迭相攻語此長太息我生如飛蓬多憂髮早白不見六一翁

唐地理志陳州宛丘縣詩國風宛丘注云四方高中央下曰宛丘李白南陵别兒童詩兒女歌笑牽人衣歐陽公自號六一居士

歐陽少師令賦所蓄石屏

何人遺公石屏風上有水墨希微蹤不畫長林與巨植獨畫峨嵋山西雪嶺上萬歲不長之孤松崖崩澗絶可望不可到孤煙落日相溟濛含風偃蹇得眞態刻畫始信天有工我恐畢宏韋偃死葬虢山下骨可朽爛心難窮神機巧思無所發化爲煙霏淪石中古來畫師非俗士摹寫物象畧與詩人同願公作詩慰不遇無使二子

含憤泣幽宮

老子聽之不聞名曰希摶之不得名曰微王注松高尺餘四時不改色今峩嵋有之朱景玄歷代畫斷畢宏大曆二年爲給事中畫松石於左省廳壁好事者皆以詩詠之韋偃工老松異石咫尺千尋駢柯攢景杜雙松圖詩天下幾人畫古松畢宏已老韋偃少

陪歐陽公燕西湖 王注潁州西湖

謂公方壯鬢似雪。謂公已老光浮頰。朅來湖上飲美酒，
醉後劇談猶激烈。湖邊草木新著霜，芙蓉晚菊爭煌煌。
插花起舞爲公壽，公言百歲如風狂。赤松共游也不惡，
誰能忍饑啖仙藥。已將壽夭付天公，彼徒辛苦吾差樂。
城上烏棲暮靄生，銀釭畫燭照湖明。不辭歌詩勸公飲，
坐無桓伊能撫箏。

漢揚雄傳口吃不能劇談宋玉高唐賦玄木冬榮煌煌熒熒韓詩男兒不再壯百歲如風狂史記張良世家願棄人間事從赤松子游乃學辟穀道引輕身唐陸龜蒙曰我幾年來忍饑誦經乃食杞菊頤神養壽漢陳遵傳謂張竦曰足下苦身自約而我放意自恣官爵功名不減於子而差獨樂顧不優邪後漢童謠城上烏尾畢逋李太白詩姑蘇臺上烏棲時杜牧之詩暮靄生澤樹斜陽下小樓班孟堅西都賦金缸銜壁注缸燈盞也晉桓伊傳王國寶謝安女壻安惡其爲人每抑制之國寶讒諛行於主相之間嫌隙遂成武帝召桓伊飲安侍坐命伊吹笛一弄乃請以箏歌伊撫箏而歌怨詩曰爲君既不易爲臣良獨難忠信事不顯乃有見疑患云云聲節慷慨俯仰可觀安泣下霑襟乃越席而就之捋其須曰使君於此不凡帝有愧色

十月二日將至渦口五里所遇風留宿

長淮久無風放意弄清快今朝雪浪滿始覺平野隘兩山控吾前吞吐久不嘬楚快切孤舟繫桑本終夜舞澎湃舟人更傳呼弱纜恃菅蒯平生傲憂患久矣恬百怪鬼神欺吾窮戲我聊一噫餅中尚有酒信命誰能戒

孟郊詩寒江浪起千堆雪禮記毋嚃羹鄭氏注嚃謂一舉盡臠左傳齊高固入晉師桀石以投人禽之乘其車繫桑本焉漢司馬相如上林賦洶涌彭湃左傳詩曰雖有絲麻無弃菅蒯韓退之感二鳥賦雖得之而不能乃鬼神之所戲莊子齊物論大塊噫氣其名爲風又見本卷船上小詩注

出潁口初見淮山是日至壽州 東坡嘗縱筆書此詩且題云予年三十六赴杭倅過壽作此詩今五十九南遷至虔煙雨淒然頗有當年氣象也墨蹟在吳興泰氏集作平淮墨蹟作長淮今從墨蹟

我行日夜向江海，楓葉蘆花秋興長。長一作平淮忽迷天遠近，青山久與船低昂。壽州已見白石塔，短棹未轉黃茆岡。波平風軟望不到，故人久立煙蒼茫。

白樂天山鷓鴣詩黃茆岡頭秋日晚苦竹嶺上寒月低杜牧之詩河橋酒旆風軟候館梅花雪嬌杜樂游園歌獨立蒼茫自詠詩

壽州李定少卿出餞城東龍潭上

山鴉噪處古靈湫，亂沫浮涎遶客舟。未暇然犀照奇鬼

欲將燒燕出潛虯使君惜別催歌管。村巷驚呼聚獿猱

此地他年頌遺愛。觀魚幷記老莊周

延平志苦竹潭在尤溪縣西潭有五龍人常見之有魚者棹舟潭上龍吐涎沫舟膠不能進晉溫嶠然犀事注見第二卷呂氏春秋梁園之北黎丘有奇鬼焉善效人之子姪弟昆好扶邑之丈人而道苦之張華博物志燒燕肉而致龍物類相感志龍之爲性麤猛而畏鐵愛玉及空青而嗜燒燕肉故食燕肉之人不可渡江海潛虯注見第一卷左傳子産卒仲尼聞之出涕曰古之遺愛也莊周觀魚注見本卷

濠州七絕

塗山

公自注下有鯀廟山前有禹會村唐地理志濠州鍾離縣有塗山九域志當塗城塗山氏之邑

川鎖支祁水尚渾。地埋汪罔骨應存。樵蘇已入黃熊廟。烏鵲猶朝禹會村。

古岳瀆經禹理淮水三至桐柏水功不能興禹怒召集百靈搜命九道乃獲淮渦水神名無支祁善應對言語辨淮之淺深原隰之遠近形若猿猱縮鼻高額青軀

白首金目雪牙頸伸百尺力輸五象搏擊騰趠疾奔輕利倏忽之間視之不可久禹授之同律同律不能制授之烏木田烏木田不能制授之庚神庚神遂頸鎖大鐵鼻穿金鈴徙淮之陰龜山之足淮水乃安流注於海李肇國史補永泰初楚州有漁者於淮中釣得古鎖不絶以告刺史李陽大集人力引之鎖窮有獮猴躍復沒國語禹致羣臣於會稽之山防風氏後至殺而戮之其骨節專車防風汪罔氏之君也罔一作芒酈道元水經注引春秋左傳哀公七年大夫對孟孫曰禹會諸侯於塗山執玉帛者萬國杜預注塗山在壽春東北今濠州是禧按柳子厚塗山銘塗山巖巖界彼東國亦指在濠州而吳越春秋則以塗山在會稽應劭云塗山在永興北說者謂即今會稽蕭山縣至於蘇鶚演義又云塗山有四一會稽二渝州三濠州四當塗顧其處皆有禹迹未詳孰是姑並著之漢韓信傳樵蘇後爨顏師古曰樵取薪蘇取草左傳堯殛鯀於羽山其神化爲黃熊國語作黃能能奴來切三足鼈也

彭祖廟

公自注有雲母山云彭祖所採服也

跨歷商周看盛衰。欲將齒髮鬬蛇龜。空餐雲母連山盡

不見蟠桃著子時。

神仙傳彭祖帝顓頊玄孫姓籛名鏗歷夏至商已七百餘歲而不衰又云彭鏗善補導之術并服朮桂雲母粉麋角常有少容漢武故事武帝七月七日與王母會

遺帝蟠桃七大如彈丸帝留核欲種母曰此桃三千年一生實何可待也博物志亦云

逍遙臺 公自注莊子祠堂在開元寺卽墓爲堂

常怪劉伶死便埋。豈伊忘死未忘骸。烏鳶奪得與螻蟻。誰信先生無此懷。

晉劉伶傳常乘鹿車攜一壺使人荷鍤隨之曰死便埋我莊子列御寇篇莊子將死弟子欲厚葬之莊子曰在上爲烏鳶食在下爲螻蟻食奪彼與此何其偏也

觀魚臺 九域志濠州有莊子觀魚臺

欲將同異較錙銖。肝膽猶能楚越如。若信萬殊歸一理子今知我我知魚。

陸士衡文賦考殿最於錙銖鄭玄禮記注八兩爲錙漢律曆志二十四銖而成兩莊子德充符篇仲尼曰自其異者視之肝膽楚越也自其同者視之萬物皆一也淮南子斟酌萬殊陸士衡文賦體有萬殊物無二量莊子秋水篇莊子與惠子游於濠梁之上莊子曰儵魚出遊從容是魚樂也惠子曰子非魚安知魚之樂莊子

曰子非我安知我不知魚之樂又曰既已知吾知之而問我我知之濠上也互見本卷讀杜詩注

虞姬墓

九域志陰陵城項羽迷失道於此蓋虞姬死所

帳下佳人拭淚痕門前壯士氣如雲倉黃不負君王意只有虞姬與鄭君

漢鄭當時傳其先鄭君嘗事項籍籍死而屬漢高祖令故項籍臣名籍鄭君獨不奉詔詔盡拜名籍者爲大夫而逐鄭君

四望亭

公自注太和中刺史劉嗣之立李紳以太子賓客分司東都過濠爲作記記今存而亭廢者數年矣

頹垣破礎沒柴荊故老猶言短李亭敢請使君重起廢落霞孤鶩換新銘

唐李紳傳爲人短小精悍於詩最有名時號短李白樂天詩閑吟短李詩又借教短李作歌行史記太史公自序孔子修舊起廢王勃滕王閣記落霞與孤鶩齊飛秋水共長天一色

浮山洞公自注洞在淮上夏潦不能及而冬不加高故人疑其浮也

人言洞府是鼇宮升降隨波與海通共坐船中那得見乾坤浮水水浮空

列子湯問篇渤海之東有大壑焉實惟無底之谷其中有五山焉一曰岱輿二曰員嶠三曰方壺四曰瀛洲五曰蓬萊五山之根無所連著常隨潮波上下往還不得暫峙焉仙聖毒之訴之於帝帝使巨鼇十五舉首而戴之晉天文志天地各乘氣而立載水而行故黃帝書曰天在地外水在天外水浮天而載地者也杜洞庭詩乾坤日夜浮

泗洲僧伽塔公自記泗洲大聖傳云和尚何國人也又曰世莫知其所從來云不知何國人也近讀隋書西域傳乃有何國余在惠州忽被命責儋耳太守方子容自攜告身來且語余曰此固前定無可恨吾妻沈素事僧伽謹甚一夕夢和尚告別沈問所往答云當與蘇子瞻同行後七十二日當有命今適七十二日矣豈非前定乎予以謂事之前定者不待夢而知然予何人也而和尚辱與同行得非夙世有少緣契乎參寥有詩誌此事

我昔南行舟繫汴逆風三日沙吹面舟人共勸禱靈塔
香火未收旗腳轉回頭頃刻失長橋卻到龜山未朝飯
至人無心何厚薄我自懷私欣所便耕田欲雨刈欲晴
去得順風來者怨若使人人禱輒遂造物應須日千變
我今身世兩悠悠去無所逐來無戀得行固願畱不惡
每到有求神亦倦退之舊云三百尺澄觀所營今已換
不嫌俗士汙丹梯一看雲山遶淮甸

漢衛青傳大風起沙礫擊面杜詩步壑風吹面泗州圖經龜山水陸院在城東三十里宋元嘉中文帝遣臧質拒魏太武於此山築長城造浮橋絕水路韓退之送僧澄觀詩僧伽後出淮泗上勢到衆佛尤魁奇清淮無波平如席欄柱傾扶半天赤火燒水轉掃地空突兀便高三百尺借問經營本何人道人澄觀名籍籍孔稚圭北山移文請回俗士駕謝靈運擬鄴中詩躡步陵丹梯

龜山九域志泗州盱眙縣龜山鎮

我生飄蕩去何求再過龜山歲五周身行萬里半天下僧卧一菴初白頭地隔中原勞北望潮連滄海欲東游元嘉舊事無人記故壘摧頽今在不公自注宋文帝遣將拒魏太武築城此山按元嘉文帝紀年也杜子美詩我生苦飄蕩韓退之別知賦將歲行之兩周十洲記滄海島在北海中水皆滄色仙人謂之滄海

發洪澤中塗遇大風復還九域志楚州淮陰縣洪澤鎮

風浪忽如此吾行欲安歸挂帆卻西邁此計未爲非洪澤三十里安流去如飛居民見我還勞問亦依依攜酒就船賣此意厚莫違醒來夜已半岸木聲向微明日淮陰市白魚能許肥我行無南北適意乃所祈何勞弄澎

湃。終夜搖牕扉。妻孥莫憂色。更典篋中衣。晉謝安傳與孫綽等汎海風起浪涌安吟嘯自若舟人猶去不止風轉急安徐曰如此將何歸邪舟人承言卽回衆咸服其雅量九歌湘君章使江水兮安流李白詩巴水急如箭巴船去如飛杜子美詩白魚如切玉又溪友得錢留白魚一作溪女杜別贊上人詩是身如浮雲安可限南北彭湃注見本卷杜詩朝迴日日典春衣韓退之詩篋中有餘衣

十月十六日記所見

風高月暗雲水一作水雲黃。淮陰夜發朝山陽。山陽曉霧如細雨。炯炯初日寒無光。雲收霧卷巳亭午。有風北來寒欲僵。忽驚飛雹穿戶牖。迅駛不復容遮防。市人顛沛百賈亂。疾雷一聲如頹牆。使君來呼晚置酒。坐定巳復日照廊。怳疑所見皆夢寐。百種變怪旋消亡。共言蛟龍厭

舊穴。魚鼈隨徙空陂塘。愚儒無知守章句。論說黑白推何祥。惟有主人言可用。天寒欲雪飲此觴。

九域志楚州山陽郡淮陰縣在州西四十里漢于定國傳永光元年春霜夏寒日青無光白樂天詩白日冷無光黃河凍不流莊子齊物論疾雷破山韓退之詩天昏地黑蛟龍移雷驚電激雄雌隨清泉百丈化爲土魚鼈枯死吁可悲漢張湯傳博士狄山曰和親便上問湯湯曰此愚儒無知夏侯勝傳章句小儒破碎大道漢五行志言之不從則有白青白祥聽之不聰則有黑青黑祥

廣陵會三同舍各以其字爲韻仍邀同賦

劉貢父

劉貢父名攽公有送劉攽倅海陵詩見本卷錢公輔字君倚時正在郡賢主人謂君倚也

去年送劉郎。醉語已驚衆。如今各漂泊。筆硯誰能弄。我命不在天。羿彀未必中。作詩聊遣意。老大慵譏諷。夫子少年時。雄辯輕子貢。爾來再傷弓。戢翼念前痛。廣陵三

日飲。相對悅如夢。況逢賢主人。白酒撥春甕。竹西已揮手灣口猶屢送。羨子去安閒吾邦。正喧鬨

韓退之寄盧仝詩往年弄筆嘲同異怪辭驚衆謗不已莊子德充符游於羿之彀中中央者中地也然而不中者命也史記孔子弟子傳子貢利口巧辭孔子常黜其辯杜飲中八仙歌焦遂五斗方卓然高談雄辯驚四筵荀子傷弓之鳥見曲木而驚毛詩鴛鴦在梁戢其左翼戰國策有鴻鴈從東方來更羸引弓虛發而下之魏王曰射可至此乎更羸曰此孽也其飛徐而鳴悲故瘡未息而驚心未去也聞弦音烈而高飛故瘡隕也九域志揚州廣陵郡杜羌村詩夜闌更秉燭相對如夢寐杜牧之禪智寺詩誰知竹西路歌吹是揚州灣口見揚州地志烏臺詩話云熙寧四年十一月赴杭州通判寄劉攽詩云吾邦正喧鬨言杭州監司所聚初行新法事多不便

孫巨源

孫巨源名洙廣陵人在諫院時王介甫行新法多逐諫官御史巨源心知不可而鬱鬱不能有所言但懇乞補外知海州既會於此東坡與劉貢父劉莘老皆坐論新法以去巨源既同舍雅相厚又居諫省而此詩云終歲不及門則異趣可見又用柳子厚王孫猿事終以巨源絕交之句其責之深矣

三年客京輦。憔悴難具論。揮汗紅塵中。但隨馬蹄飜。人情貴往返。不報生禍根。坐令平生友。終歲不及門。南來實淸曠。但恨無與言。不謂廣陵城。得逢劉與孫。異趣不兩立。譬如王孫猿。吾儕久相聚。恐見疑排根。我褊類中散。子通眞巨源。絕交固未敢。且復東南奔。

史記蘇秦傳揮汗成雨班孟堅西都賦紅塵四合煙雲相連柳子厚憎王孫文猿王孫居異山德異性不能相容猿之德靜以常王孫之德躁以囂雖羣不相若也漢灌夫傳竇嬰失勢亦欲倚夫引繩排根生平慕之後棄者孟康曰根音痕欲引繩以彈排擯根格之也晉嵇康傳初婚魏宗室拜中散大夫康作幽憤詩曰惟此褊心顯明臧否又與山濤絕交書云足下旁連多可而少怪書見文選山濤字巨源沈傳師嶽麓寺詩承明年老輒自論乞得湘守東南奔

劉莘老

劉莘老名摯極論新法章數上中丞楊繪亦言其非安石使曾布作十難折之仍詰兩人向背好惡之情繪懼謝罪莘老獨奮曰爲人臣豈可壓於權執使天子不知利害之實卽條對所難以伸其說又云若謂向背則臣所向者義所背

者利所向者君父所背者權臣安石大怒將竄嶺外上不聽謫監衡州鹽倉初安石黨友傾一時造作言語以爲幾於聖人至是遂以其學亂天下先生詩士方在田里云云謂此也

江陵昔相遇。幙府稱上賓。再見明光宮。峩冠挹揖仝搢紳。如今三見子。坎坷爲逐臣。朝游雲霄間。欲分丞相茵。莫落江湖上。遂與屈子隣。了不見喜慍。子豈眞可人。邂逅成一歡。醉語出天眞。士方在田里。自比渭與莘。出試乃大謬。芻狗難重陳。歲晚多霜露。歸耕當及辰。

唐地理志江陵本荆州南郡天寶元年更郡名漢馮唐傳上功幙府晉郗超傳謝安曰郗生可謂入幙之賓莘老嘗在荆州幕府故云漢武故事上起明光宮發燕趙美女二千人充之杜子美詩明光起草人所羨漢丙吉傳馭吏醉歐丞相車上吉曰第忍之不過汚丞相車茵耳漢酷吏周陽由傳同車未嘗敢均茵伏韓退之赴江陵詩朝爲青雲上暮作白首囚楚辭離騷序遷之江南晉嵇康傳王戎自言與康居山陽二十年未嘗見其喜慍之色桓溫傳嘗經王敦墓曰可人可人詩國

風邂逅相遇適我願兮杜寄李白詩劇談憐野逸嗜酒見天眞漢司馬遷報任安書事乃有大謬不然者莊子天運篇芻狗之未陳也盛以篋衍巾以文繡尸祝齋戒以將之及其已陳也行者踐其首脊蘇者取而爨之

施註蘇詩卷之三

施註蘇詩卷之四

長洲顧嗣立

漫堂先生宋犖
樸園先生張榕端　閱定

毗陵邵長蘅　刪補

商丘宋至

詩四十七首

起自京口之錢塘以是年十一月抵任通守錢塘作

游金山寺

南唐僧應之頭陁巖記金山昔名浮玉因裴頭陁江際獲金貞元二十一年節帥李錡奏易名金山

我家江水初發源宦游直送江入海聞道潮頭一丈高天寒尚有沙痕在中冷南畔石盤陀古來出没隨濤波試登絕頂望鄉國江南江北青山多羇愁畏晚尋歸楫山僧苦留看落日微風萬頃鞾文細斷霞半空魚尾赤

是時江月初生魄。二更月落天深黑。江心似有炬火明。飛焰照山棲鳥驚。悵然歸臥心莫識。非鬼非人竟何物。公自注是夜所見如此江山如此不歸山。江神見怪驚我頑。我謝江神豈得已。有田不歸如江水。

郭景純江賦惟岷山之導江初發源乎濫觴漢地理志岷山注云在蜀郡公蜀人也故云我家張又新水經揚子江心中冷水第一竇羣金山寺詩西江中冷波四截湧出一峰青嵽嵲毛詩魴魚赬尾注赬赤色也尚書厥四月哉生明又哉生魄注哉始也始生明月三日也始生魄十六日也禮記月三日而成魄魄月質也嶺表異物志海中遇陰晦波如然火滿海以物擊之迸散如星火有月卽不復見木玄虛海賦云陰火潛然豈謂此乎左傳僖二十四年晉文公謂咎犯曰所不與舅氏同心者有如白水三國孫權傳魏文帝詔曰此言之誡有如大江

自金山放船至焦山 潤州圖經焦山焦先所隱故以爲名

金山樓觀何耽耽。撞鐘擊鼓聞淮南。焦山何有有修竹。

採薪汲水僧兩三。雲霾浪打人迹絶。時有沙戸祈春蠶。公自注吳人謂水中可田者爲沙我來金山更留宿。而此不到心懷慙。同游盡返決獨往。賦命窮薄輕江潭。清晨無風浪自湧。中流歌嘯倚半酣。老僧下山驚客至。迎笑喜作巴人談。公自注焦山長老中江人也自言久客忘鄉井。只有彌勒爲同龕。困眠得就紙帳暖。飽食未厭山蔬甘。山林饑臥古亦有。無田不退寧非貪。展禽雖未三見黜。叔夜自知七不堪。行當投劾謝簪組。爲我佳處留茆菴。

張平子西京賦大厦耽耽晉夏統傳甲夜之初撞鐘擊鼓楞嚴經食辦擊鼓衆集撞鐘揚雄傳橫江潭而漁列女傳趙津涓女中流爲簡子發河激之歌法帖褚遂良書久棄塵滓與彌勒同龕一食清齋六時禪誦嵇叔夜絶交書有必不堪者七甚不可者三後漢崔駰傳祖篆辭甄豐辟命投劾而歸又周黃徐姜傳序閔仲叔

世稱節士建武中應侯霸之辟既至霸不及政事徒勞苦而已遂辭出投劾而去注案罪曰劾自投其劾狀而去也

甘露寺

潤州圖經甘露寺在北固山上唐寶曆中李德裕建公自注欲遊甘露寺有二客相過遂與偕行寺有石如羊相傳謂之很石云諸葛亮孔明坐其上與孫仲謀論曹公也大鐵鑊二案銘梁武帝所鑄畫師子一菩薩二陸探微筆衛公所畱祠堂在寺手植柏合抱矣近寺僧發古殿基得舍利七粒并石記乃衛公爲穆宗皇帝造福所葬者也

江山豈不好獨游情易闌但有相攜人何必素所歡我欲訪甘露當途無閑官二子舊不識欣然肎聯鞍古郡山爲城層梯轉朱欄樓臺斷崖上地窄天水寬一覽吞數州山長江漫漫卻望大明寺惟見煙中竿很石臥庭下穹隆如伏羱緬懷臥龍公挾策事琱鑽一談收猘子再說走老瞞名高有餘想事往無畱觀蕭公古鐵鑊相

對空團團陂陁受百斛積雨生微瀾泗水逸周鼎渭城辭漢盤山川失故態怪此能獨完僧繇六化人霓衣挂冰紈隱見十二疊觀者疑夸謾破板陸生畫青猊戲盤跚上有二天人揮手如翔鸞筆墨雖欲盡典刑垂不刊赫赫贊皇公英姿凜以寒古柏手親種挺然誰敢干枝撐雲峰裂根入石窟蟠薙草得斷碑斬崖出金棺瘞藏豈不牢見伏理可歎四雄皆龍虎遺迹儼未刓方其盛壯時爭奪肎少安廢興屬造物遷逝誰控摶況彼妄庸子而欲事所難古今共一軌後世徒辛酸聊興廣武歎不待雍門彈

漢張耳傳如平生歡徐鉉吳錄太祖入廣陵造大明寺輿地志石羊巷在城南吳時孫氏隧道也劉備詣孫權權與俱獵因醉各據一羊羅隱石羊詩紫髯桑蓋此沉吟很石猶存事可尋三國諸葛亮傳徐庶謂先主曰孔明卧龍也文選商鞅挾策以鑽孝公吳曆曹公聞孫策平定江東意甚難之常呼猘兒難與爭鋒猘狂犬也三國志魏武帝小字阿瞞潤州類集甘露寺有梁天監中所鑄鑊有銘可驗漢司馬相如傳罷池陂陀下屬江河周鼎泗水注見一卷石鼓詩魚豢魏略景初元年徙長安鐘簴駱駝銅人承露盤盤折銅人重不可致留於霸城李賀金人辭漢歌攜盤獨出月荒涼渭城已遠波聲小潤州類集甘露寺有張僧繇畫菩薩列子周穆王之時西極之國有化人來後漢章帝紀詔齊相省冰紈注紈素也冰言鮮潔如冰范蔚宗宦者論冰紈霧縠之迹盈物珍藏潤州類集甘露寺有陸探微畫狻猊注詳一卷開元寺詩史記平原君傳民家有躄者盤跚行汲杜子美畫鶴詩畫色久欲盡蒼然猶出塵唐李德裕傳初封贊皇縣伯潤州類集甘露寺今有李德裕祠堂畫像及所植檜周禮薙氏掌殺草注薙翦也玉壺清話潤州甘露寺熙寧四年春江中漁者見神光累夕起於溷廁間一旦其廁無故自圮長老應夫再營之方築基掘土去地數尺一礎覆土中刻曰有唐太和三年正月二十四日於上元縣禪衆寺舊塔基下獲舍利石函以其年二月十五日重瘞藏於丹徒縣甘露寺東塔下金棺一銀椁一錦襆九重皆余之施也余創甘露寺寶剎重瘞舍利以資穆皇之冥福也江浙西道觀察等使兼潤州刺史李德裕記四雄諸葛武侯吳大帝梁武帝李衛公也漢韓信傳刻印刓忍不能予刓五丸反注手弄角訛也杜子美贈閭丘師兄詩漠漠世界黑區區爭奪繁漢賈誼服賦千變萬化兮未始

有極忽然爲人兮何足控摶漢齊王傳人謂魏勃勇妄庸人耳晉阮籍傳常登廣武觀楚漢戰處歎曰時無英雄使豎子成名東坡志林昔先友史經臣彥輔謂余阮籍登廣武而歎豈謂沛公豎子乎余曰非也傷時無劉項也豎子指魏晉閒人耳其後余游甘露寺寺有孔明孫權梁武李德裕遺迹感而賦詩猶此意也今日讀李太白廣武古戰場詩云沈湎呼豎子狂言非至公乃知太白亦誤認嗣宗語與先友之意無異嗣宗雖放蕩本有意於世以魏晉多故故一放於酒何至以沛公爲豎子乎桓譚新論雍門周以琴見孟嘗君君曰先生鼓琴亦能使文悲乎對曰竊爲足下有所悲千秋萬歲後墳墓生荊棘游童牧豎躑躅而歌其上曰孟嘗君之尊貴亦若是乎於是孟嘗君喟然太息淚承睫而未下雍門周引琴鼓之孟嘗君遂歔欷而就之

次韻子由柳湖感物

憶昔子美在東屯數間茆屋蒼山根嘲吟草木調蠻獠

欲與猿鳥爭啾喧子今憔悴衆所棄驅馬獨出無往還

惟有柳湖萬株柳清陰與子供朝昏胡爲譏評不少借

生意凌挫難爲繁柳雖無言不解慍世俗乍見應憮然

嬌姿共愛春濯濯豈問空腹修虵蟠朝看濃翠傲炎赫夜愛疎影搖清圓風飄雪陣春絮亂蠹響啄木秋聲堅四時盛衰各有態搖落悽愴驚寒温南山孤松積雪底抱凍不死誰復賢

杜移居東屯詩東屯復瀼西一種住清谿來往皆茆屋淹留爲稻畦北史蠻獠傳蠻之種類蓋盤瓠之後獠者南蠻之別種左傳詩曰雖有姬姜無棄蕉萃會稽典錄孔融與曹公書今之少年喜謗前輩或能譏評孝章韓昌黎外集送浮屠令縱西遊序譏評文章商較人士史記荊軻傳願王少假借之晉王恭傳恭美姿儀或目之云濯濯如春月柳白樂天悟眞寺詩根株抱石長屈曲蟲虵蟠晉列女傳謝道韞詠雪云未若柳絮因風起

送蔡冠卿知饒州

冠卿與安石議刑名不合遂補外得饒州公送行詩意蓋在此

吾觀蔡子與人游掀髯笑語無不可平生儻蕩不驚俗臨事迂闊乃過我橫前坑穽衆所畏布路金珠誰不裹

爾來變化驚何速昔號剛强今亦頗憐君獨守廷尉法
晚歲卻理鄱陽柂莫嗟天驥逐羸牛欲試良玉須猛火
世事徐觀眞夢寐人生不信長轗軻知君決獄有陰功
他日老人醻魏顆

漢史丹傳貌若儻蕩不備然心甚謹密注儻蕩疏誕無檢也左傳襄公三十年鄭伯有夜飲朝至未已朝者皆自朝布路而罷漢百官公卿表廷尉秦官掌刑辟秩千石張釋之傳釋之爲廷尉曰廷尉天下之平也壹傾天下用法皆爲之輕重杜子美短歌行君今理柂春江流又錦樹行靑草萋萋盡枯死天驥跛足隨羸牛東方朔七諫服罷牛而驂驥淮南子終山之玉灼以爐炭三日三夜色澤不變得天地之精也白居易詩試玉要燒三日滿楞嚴經卻來觀世間猶如夢中事古詩無爲守窮賤轗軻長苦辛漢于定國傳父于公曰我治獄多陰德未嘗有所冤子孫必有興者左傳宣十五年魏顆從父治命嫁其嬖妾及輔氏之役顆見老人結草以亢杜回回躓而顛故獲之夜夢曰余而所嫁婦人之父也爾用先人治命余是以報王注先生詩案自言以譏當今朝廷進用之人有逆其意者則設坑穽以陷之有順其意者則以利誘之如以金玉布於道路

次韻楊褒早春 楊褒字之美嘉祐末爲國子監直講治平間出通判潁州好收法書蔡君謨多從借搨歐陽公見其女奴彈琵琶有詩云嬌兒兩幅青布裙三腳木牀坐調曲奇書古畫不論價盛以錦囊裝玉軸亦可見其人也

窮巷淒涼苦未和。君家庭院得春多。不辭瘦馬騎衝雪，來聽佳人唱踏莎。破恨徑須煩麴糵，增年誰復怨羲娥。良辰樂事古難竝，白髮青衫我亦歌。細雨郊園聊種菜，冷官門戶可張羅。放朝三日君恩重，睡美不知身在何。

漢陳平傳家乃負郭窮巷樂府曲名有踏莎行世說孔羣與親舊書今年田得七百斛秫不了麴糵事韓退之贈崔立之詩高士例須憐麴糵山海經東南海外甘泉之間有羲和國有女子曰羲娥是生十日常浴日於甘泉謝靈運擬鄴中詩序天下良辰美景賞心樂事四者難并白樂天詩白髮更添今日鬢青衫猶是去年身杜子美有小園種秋菜詩又醉時歌廣文先生官獨冷漢鄭當時傳下邽翟公爲廷尉賓客填門及廢門外可設爵羅白樂天詩歸騎紛紛滿九衢放朝三日爲泥塗杜偏仄行曉來急雨春風顛睡美不聞鐘鼓傳

初到杭州寄子由二絕

眼看時事力難勝貪戀君恩退未能遲鈍終須投劾去使君何日換聾丞漢翟方進傳號遲頓不及事注頓讀曰鈍投劾注見本卷焦山詩漢黃霸傳許丞老病聾督郵白欲逐之霸曰許丞雖老尚能拜起送迎正頗重聽何傷公烏臺詩話軾初任杭州寄子由詩云眼看時事力難勝貪戀君恩退未能意謂新法青苗助役等事煩雜不可辨亦言已材不能勝任也

聖明寬大許全身衰病摧頹自畏人莫上岡頭苦相望吾方祭竈請比隣白樂天詩閔默向隅心摧頹觸籠翅魏文帝雜詩客子常畏人詩國風陟彼岡兮瞻望兄兮漢孫寶傳署御史主簿徙入舍祭竈請比隣

次韻柳子玉二首

地爐

細聲蚯蚓發銀瓶。擁褐横眠天未明。衰鬢鑷殘欹雪領，壯心降盡倒風旌。自稱丹竈錙銖火，倦聽山城長短更。聞道牀頭惟竹几，夫人應不解卿卿。公自注：俗謂竹几爲竹夫人。

韓石鼎聯句詩：時於蚯蚓竅，微作蒼蠅鳴。杜牧之詩：金鑷洗霜鬢。鄭愚津陽門詩：笑云鮐老不爲禮，飄蕭雪領霜垂頤。詩名南：我心則降。蘇秦傳：齊王曰：寡人心搖搖然如縣旌。孟東野京山行：此時游子心，百尺風中旌。朝野僉載：韋莊稱炭而爨，多少一臠必覺之。江文通別賦：守丹竈而不顧。大還丹祕契圖：凡一斤藥有十六兩，每兩有二十四銖，從冬至建子日辰起火，分兩錙銖相應。世說：王安豐婦卿安豐，豐曰：婦人卿壻，於禮不敬。荅曰：我親卿愛卿，是以卿卿。

紙帳

亂文龜殼細相連。慣臥青綾恐未便。潔似僧巾白疊布，暖於蠻帳紫茸氈。錦衾速卷持還客，破屋那愁仰見天。但恐嬌兒還惡睡，夜深踏裂不成眠。

漢尚書郎更直建禮門給青綾被今西掖之任也子玉官爲尚書郎舊唐書南蠻傳婆利國有吉貝草緝花以作布細者名爲白疊杜子美贊公房詩細軟青絲履光明白氎巾又張舍人遺褥段詩錦衾卷還客始覺心和平韓退之寄盧仝詩破屋數間而已矣神仙傳董奉居豫章時大旱縣令丁士彥請致雨奉曰雨易得耳貧道屋皆見天恐雨至何堪令曰先生但致雨當爲架好屋屋成暮乃大雨杜茅屋爲秋風所破歎布衾多年冷似鐵嬌兒惡臥踏裏裂

臘日游孤山訪惠勤惠思二僧

孤山在西湖上惠勤餘杭人東坡通守錢塘見歐陽文忠公於汝陰而南公曰西湖僧惠勤甚文而長於詩子求人於湖山間而不可得則往從勤乎東坡到官三日訪勤於孤山之下遂賦此詩

天欲雪。雲滿湖。樓臺明滅山有無。水清出石一作石出魚可數。林深無人鳥相呼。臘日不歸對妻孥。名尋道人實自娛。道人之居在何許。寶雲山前路盤紆。孤山孤絕誰肎廬。道人有道山不孤。紙窻竹屋深自暖。擁褐坐睡依圓蒲。

天寒路遠愁僕夫，整駕催歸及未晡。出山迴望雲木合，但見野鶻盤浮圖。兹游淡薄歡有餘，到家恍如夢蘧蘧。作詩火急追亡逋，清景一失後難摹。

杜子美雨詩：明滅洲景微，隱見巖姿露。王維詩：江流天地外，山色有無中。漢薛宣傳：宣爲左馮翊，出教曰：日至，吏以令休，掾宜從衆，歸對妻子，設酒肴，請隣里，壹笑相樂矣全笑。圖經云：寶雲寺，乾德二年吳越王錢氏建，寺有寶雲庵山。沈休文詩：野徑既盤紆，荒阡亦交互。韓退之詩：喚起牕全曙，催歸日未西。柳子厚浮圖鶻說：有鷙曰鶻，穴于長安薦福浮圖有年矣。莊子齊物論：昔者莊周夢爲胡蝶，栩栩然胡蝶也。俄然覺，則蘧蘧然周也。

李杞寺丞見和前篇復用元韻答之

獸在藪，魚在湖，一入池檻歸期無。誤隨弓旌落塵土，坐使鞭箠環呻呼。追胥連保罪及孥，公自注：近屢獲鹽賊，皆坐同保徙其家。百日愁歎一日娛。白雲舊有終老約，朱綬豈合山人紆。人生何者非蘧廬。故山鶴怨秋猿孤。何時自駕鹿車去。掃除白髮煩菖蒲。麻鞵短後隨獵夫。射弋狐兔供朝晡。陶潛自作五柳傳。潘閬畫入三峰圖。吾年凜凜今幾餘。知非不去慙衛蘧。歲荒無術歸亡逋。鵠則易畫虎難摹。

列子昔者夢爲人僕數罵杖撻無不致也眠中啽囈呻呼徹旦息焉周禮小司徒之職以比追胥以令貢賦揚子紆朱懷金唐李泌傳肅宗在靈武泌入議國事出陪乘輿衆指曰著黄者聖人著白者山人也因賜金紫莊子天運篇仁義先王之蘧廬也止可一宿而不可以久處孔稚圭北山移文蕙帳空兮夜鶴怨山人去兮曉猿驚風俗通鹿車窄小裁容一鹿晉劉伶傳常乘鹿車神仙傳九疑仙人見武帝云聞有石菖蒲一寸九節可以服食卻老故來採耳杜子美丈人山詩掃除白髮黄精在又述懷詩麻鞋見天子莊子說劍篇曼胡之纓短後之衣漢張騫傳堂邑父善射窮急射禽獸給食晉陶潛著五柳先生傳以自況潘閬觀華山詩高愛三峰插太虛回頭仰望倒騎驢魏野詩從此華山圖帳裏更添潘閬倒騎驢郭緣生述征記華山有三峰直上數千仞古詩凜凜歲云暮淮南子蘧伯玉年五十而有四十九年非何者先者難爲知而後者易爲攻也莊子則陽篇蘧伯玉行年六十而六十化未嘗不始於是之而卒詘之以非也未知今之所謂是之非五十九

非也後漢馬援傳戒兄子嚴敦書曰効龍伯高不得猶爲謹敕之士所謂刻鵠不成尚類鶩者也効杜季良不得陷爲天下輕薄子所謂畫虎不成反類狗者也公烏臺詩話誤隨弓旌落塵土坐使鞭箠環呻呼以譏諷朝廷新法行後公事鞭箠之多也追胥保伍罪及孥百日愁歎一日娛以譏諷朝廷鹽法收坐妻子移鄉法太急也歲荒無術歸亡逋鵠則易畫虎難摹意取馬援言畫鵠不成猶類鶩畫虎不成反類狗言歲既饑荒我欲出奇畫賑濟又恐朝廷不從乃似畫虎不成反類狗也

再和

東望海。西望湖。山平水遠細欲無。野人踈狂逐漁釣刺史寬大容歌呼。君恩飽暖及爾孥。才者不閑拙者娛穿巖度嶺腳力健。未厭山水相縈紆。三百六十古精廬出游無伴籃輿孤。作詩雖未造藩閫。破悶豈不賢摴蒱。君才敏贍兼百夫。朝作千篇日未晡。揭來湖上得佳句。從此不看營丘圖。知君篋櫝富有餘。莫惜錦繡償菅蘧。窮多鬬險誰先逋。賭取名畫不用摹。

唐王維傳維善畫山水平遠雲勢石色繪工以爲天機所到漢百官表武帝元封五年初置部刺史掌奉詔條察州景帝中二年更名郡守曰太守唐百官志武德元年改太守曰刺史漢曹參傳相舍後園近吏舍吏舍日飲歌呼參聞迺反取酒張坐飲大歌呼與相和白樂天詩歷想爲官日無如刺史時歡娛接賓客飽暖及妻兒杭州圖經附郭二邑所管寺院內錢塘二百七十仁和六十五合三百三十五所外七邑不與焉晉陶潛傳王弘問其所乘荅云素有脚疾向乘籃輿亦足自反乃令一門生二兒共轝至州元稹杜甫墓誌詩人以來未有如子美者李白尚不能歷其藩翰況堂奧乎博物志老子入胡作摴蒱宋高祖紀桓玄曰劉毅家無儋石之儲摴蒱一擲百萬南史柳惲傳武帝嘗曰分其才藝足了十人韓退之贈崔立之詩朝爲百賦猶鬱怒暮作千詩轉遒緊後漢張衡思玄賦迴志朅來從玄謀獲我所求夫何思名畫錄李成工山水營丘人也世號李營丘韓退之畫記獨孤生申叔者始得此畫而與余彈棊余幸勝而獲焉明年至河陽座有趙侍御者見之慼然進曰噫

余之所手摹也

游靈隱寺得來詩復用前韻

君不見錢塘湖。錢王壯觀今已無。屋堆黃金斗量珠。運盡不勞折簡呼。四方宦游散其孥。宮闕畱與閒人娛。盛衰哀樂兩須臾。何用多憂心鬱紆。谿山處處皆可廬。最愛靈隱飛來孤。裔松百丈蒼髯鬚。擾擾下笑柳與蒲。高堂會食羅千夫。撞鐘擊鼓喧朝晡。凝香方丈眠氍毹。絕勝絮被縫海圖。清風徐來驚睡餘。遂超羲皇傲几蘧。歸時棲鴉正畢逋。孤煙落日不可摹。

錢塘記唐元和中議築塘防海塘始開募致土石一斛與錢一千來者如雲旬月而塘成因名錢塘五代史吳越世家錢氏自唐末有國兼有兩浙幾百年宋興俶朝太祖厚禮遣還國太平興國三年詔俶來朝俶舉族歸於京師國除王子年拾遺記後漢郭況庭中起高閣置衡石其上以秤量珠玉閣下有藏金窟列武士衞之劉禹錫泰娘歌斗量明珠鳥傳意晉宣帝紀王凌曰凌若有罪公當折簡召凌何苦自來帝曰以公非折簡之客故耳十三州記靈隱山青巖晉咸和中有僧登之歎曰此是中天竺國靈鷲山之小嶺不知何年飛來晉殷浩傳松栢之姿經霜猶茂蒲柳弱質望秋先零釋氏要覽唐顯慶中王玄策使西域至維摩示疾之室

遺址疊石爲之玄策躬以手板縱橫量之得十笏故號方丈風俗通織毛褥謂之氍毹三輔黃圖武帝溫室殿規地以罽賓氍毹杜子美北征詩海圖拆波濤舊繡移曲折天吳及紫鳳顛倒在短褐晉陶潛傳嘗言高臥北牕之下清風颯至自謂羲皇上人莊子人間世伏羲几蘧之所行終而況散焉者乎注几蘧古聖君名畢逋注見三卷陪歐陽公燕西湖

戲子由

宛丘先生長如丘，宛丘學舍小如舟。常時低頭誦經史，忽然欠伸屋打頭。斜風吹帷雨注面，先生不愧傍人羞。任從飽死笑方朔，肎爲雨立求秦優。眼前勃谿何足道，處置六鑿須天游。讀書萬卷不讀律，致君堯舜知無術。勸農冠蓋鬧如雲，送老虀鹽甘似蜜。門前萬事不挂眼，頭雖長低氣不屈。餘杭別駕無功勞，畫堂五丈容旂旄。

重樓跨空雨聲遠屋多人少風騷騷平生所慙今不恥坐對疲氓更鞭箠道逢陽虎呼與言心知其非口諾唯居高志下眞何益氣節消縮今無幾文章小伎安足程先生別駕舊齊名如今衰老俱無用付與時人分重輕

宛丘注見前卷史記孔子世家孔子長九尺有六寸人謂長人而異之曲禮君子欠伸撰杖屨潘安仁秋興賦勁風戾而吹帷莊子外物篇室無空虛則婦姑勃谿心無天游則六鑿相攘南史梁元帝之敗盡焚圖書曰讀書萬卷猶有今日唐沈全交嘲詬詞評士不讀律博士不尋章韓退之詩致君豈無術自進誠獨難班固西京賦紱冕所興冠蓋如雲韓退之送窮文太學四年朝虀暮鹽又贈張籍詩吾老嗜讀書餘事不挂眼晉職官志州郡置刺史別駕治中從事唐地理志杭州餘杭郡秦始皇本紀作前殿阿房上可以坐萬人下可建五丈旗庾信小園賦風騷騷而樹急天慘慘而雲低世說王弼見何晏自說注老子旨意晏多所短不復作聲但應喏喏史記趙世家簡子曰諸大夫朝徒聞唯唯杜子美貽柳少府詩文章一小伎於道未爲尊公烏臺詩話任從飽死笑方朔肎爲雨立求秦優意取東方朔傳侏儒飽欲死及滑稽傳優旃謂陛楯郎我雖短幸休居言弟家貧官卑而身材長大所以比東方朔陛楯郎而以當今進用之人比侏儒優旃也讀書萬卷不

讀律致君堯舜知無術是時朝廷新興律學軾意非之以謂法律不足以致君於堯舜今時又專用法律而忘詩書故言我讀萬卷書不讀法律蓋聞法律之中無致堯舜之術也勸農冠蓋鬧如雲送老虀鹽甘似蜜以譏諷朝廷新差提舉官所至苛細生事發擿官吏惟學官無吏責也弟轍爲學官故有是句平生所慚今不恥坐對疲氓更鞭箠是時多徒配犯鹽之人例皆饑貧言鞭箠此等貧民軾平生所慚今不復恥矣以譏諷朝廷鹽法太急也道逢陽虎呼與言心知其非口諾唯是時張靚俞希旦作監司意不喜其爲人然不敢與爭議故毀詆之爲陽虎也

越州張中舍壽樂堂

熙寧五年簽書公事太子中舍張次山字希元創建張建康人號能吏

青山偃蹇如高人常時不肎入官府高人自與山有素
不待招邀滿庭戶臥龍蟠屈半東州萬室鱗鱗枕其股
背之不見與無同狐裘反衣無乃魯張君眼力覷天奧
能遣荆棘化堂宇持頤宴坐不出門收攬奇秀得十五
才多事少厭閒寂臥看雲煙變風雨笥如玉筯椹如簪

强飲且爲山作主。不憂兒輩知此樂。但恐造物怪多取。
春濃睡足午牕明。想見新茶如潑乳。

後漢龐公傳居峴山之南未嘗入城府漢張禹傳忽忘雅素注素故舊也臥龍山在越州漢匡衡傳富貴在身而列士不譽是有狐白之裘而反衣之也韓退之荅孟郊詩規模背時利文字覷天巧莊子漁父篇左手據膝右手持頤以聽維摩經心不住内亦不住外是爲宴坐不斷煩惱而入涅槃是爲宴坐能如是坐者佛所印可三國志龐統傳今拔十失五猶得其半任彦升讓吏部表拔十得五尚曰比肩晉書王羲之曰正賴絲竹陶寫常恐兒輩覺損歡樂之趣莊子天運篇名公器也不可多取茶苑湯少茶多則乳面聚

姚屯田挽詞

京口年來耆舊衰。高人淪喪路人悲。空聞韋叟一經在。
不見恬侯萬石時。貧病只知爲善樂。逍遥卻恨棄官遲。
七年一别眞如夢。猶記蕭然瘦鶴姿。

建康實錄孫權於朱方築城因京峴山謂之京鎮又因門謂之京口晉習鑿齒著襄陽耆舊傳漢書韋賢傳鄒魯諺曰遺子黄金滿籯不如教子一經石奮傳景帝曰石君及四子皆二千石乃舉集其門因號萬石君少子慶爲相諡恬侯後漢東平憲王傳顯宗詔曰日者問東平王處家何等最樂王言爲善最樂其言甚大副是要腹矣王仲宣贈蔡子篤詩風流雲散一别如雨白樂天詩病瘦形如鶴

送岑著作 岑著作梓州人名象求字巖起時以提舉梓州路常平還蜀故詩云惟應故山夢隨子到吾廬

懶者常似靜靜豈懶者徒拙則近於直而直豈拙歟夫子靜且直雍容時卷舒嗟我復何爲相得歡有餘我本不違世而世與我殊拙於林間鳩懶於冰底魚人皆笑其狂子獨憐其愚直者有時信平聲靜者不終居而我懶拙病不受砭藥除臨行怪酒薄已與别淚俱後會豈無時遂恐出處疏惟應故山夢隨子到吾廬

李白送蔡山人詩我本不棄世世人自棄我詩名南鵲巢疏云鳩拙於營巢禮記月令魚上冰蓋未解凍之時魚於冰下自藏也許愼說文砭以石刺病也

吉祥寺賞牡丹

人老簪花不自羞。花應羞上老人頭。醉歸扶路人應笑。十里珠簾半上鈎。

晉謝安傳羊曇嘗因石頭大醉扶路唱樂不覺至西州門杜牧之贈別詩春風十里揚州夢卷上珠簾總不如

吉祥寺僧求閣名

過眼榮枯電與風。久長那得似花紅。上人宴坐觀空閣。觀色觀空色卽空。

和劉道原見寄 劉道原事見第三卷送道原歸覲南康詩注

敢向清時怨不容。直嗟吾道與君東。坐談足使淮南懼。

歸去方知冀北空。獨鶴不須驚夜旦。羣烏未可辨雌雄。廬山自古不到處。得與幽人子細窮。

後漢鄭玄傳玄從馬融受業畢辭歸融喟然曰鄭生今去吾道東矣魏志郭嘉傳劉表坐談客耳漢汲黯傳淮南王謀反憚汲黯曰黯好直諫守節死誼至說公孫弘如發蒙耳左傳冀之北土馬之所生韓退之送溫造序伯樂一過冀北之野而馬羣遂空淮南子鷄知將旦鶴知夜半詩小雅具曰予聖誰知烏之雌雄王注先生詩案云以譏當今進用雜亂無分別也

和劉道原詠史

仲尼憂世接輿狂。臧穀雖殊竟兩亡。吳客漫陳豪士賦桓侯初笑越人方。名高不朽終安用。日飲無何計亦良。獨掩陳編弔興廢。窗前山雨夜浪浪。

莊子駢拇篇臧與穀二人相與牧羊而俱亡其羊問臧則挾策讀書問穀則博塞以游二人者事業不同其於亡羊均也晉陸機傳機吳郡人齊王冏矜功自伐受

爵不讓機惡之作豪士賦以刺之史記扁鵲傳姓秦氏名越人與號中庶子論方曰越人之爲方也不待切脉望色聽聲寫形言病之所在又過齊齊桓侯客之入朝見曰君有疾不治將深桓侯不應及病召扁鵲鵲已逃去桓侯遂死曹大家東征賦惟令德爲不朽兮身既殁而名存杜子美醉時歌名垂萬古知何用漢袁盎傳盎從吴相辭行兄子種曰吴王驕日久國多姦南方卑濕絲能日飲亡何說王毋反而已如此幸得脫按絲盎字也韓退之别知賦雨浪浪其不止雲浩浩其常浮

和劉道原寄張師民

仁義大捷徑詩書一旅亭相夸綬若若猶誦麥青青腐鼠何勞嚇高鴻本自冥顛狂不用喚酒盡漸須醒

莊子天運篇古之至人假道於仁託宿於義以游逍遥之墟楚辭離騷夫唯捷徑以窘步列子仲尼篇處吾之家如逆旅之舍楞嚴經譬如行客投寄旅亭或食或宿事畢俶裝前途不遑安住漢石顯傳顯與牢梁五鹿充宗結爲黨友諸附倚者皆得寵位民歌之曰牢邪石邪五鹿客邪印何纍纍綬若若邪莊子外物篇儒以詩禮發冢者詩固有之曰青青之麥生於陵陂生不布施死何含珠爲秋水篇惠子相梁莊子往見之或謂惠子曰莊子來欲代子相惠子恐莊子曰鴟得腐鼠鵷鶵過之曰嚇今子欲以子之梁國而嚇我邪揚子鴻飛冥冥弋人何慕焉公烏臺詩話熙寧六年軾任杭州通判劉恕寄詩三首軾依韻和云云此詩譏諷朝廷近

日進用之人以仁義爲捷徑以詩書爲逆旅但爲印綬爵祿所誘則假六經以進如莊子所謂儒以詩禮發冢故云麥青青也譏□□之願爵位如鵷鳶以腐鼠嚇鴻鵠□溺於利如人之醉於酒酒盡則自醒也

送張職方吉甫赴閩漕六和寺中作

杭州圖經六和寺開寶三年建太平興國五年改開化寺

羨君超然鸞鶴姿。江湖欲下還飛去。空使吳兒怨不畱。
青山漫漫七閩路。門前江水去掀天。寺後清池碧玉環。
君如大江日千里。我如此水千山底。

白樂天懷錢舍人詩因詠松雪句永懷鸞鶴姿林世程閩中記閩之人居海隝有七種故謂之七閩秦時閩越王無諸王此地白樂天詩白浪掀天盡日風劉禹錫洛城舊居詩水繞庭臺碧玉環王注六和寺後有池蘇子美所賦金鯽魚是也

雨中遊天竺靈感觀音院

蠶欲老。麥半黃。前山後山雨浪浪。農夫輟耒女廢筐。白衣仙人在高堂。

和蔡準郎中見邀游西湖三首

夏潦漲湖深更幽。西風落木芙蓉秋。飛雪闇天雲拂地。新蒲出水柳映洲。湖上四時看不足。惟有人生飄若浮。解顏一笑豈易得。主人有酒君應留。不見錢塘游宦客。朝推因。暮決獄。不因人喚何時休。賈誼服賦其生也若浮其死也若休列子黃帝篇自吾之事夫子友若人也五年之後始一解顏而笑

城市不識江湖幽。如與蟪蛄語春秋。試令江湖處城市。卻似麋鹿游汀洲。高人無心無不可。得坎且止乘流浮。

公卿故舊留不得遇所得意終年留君不見拋官彭澤令琴無絃巾有酒醉欲眠時遣客休

莊子逍遙游朝菌不知晦朔蟪蛄不知春秋漢賈誼傳乘流則逝兮得坎則止范傳正李翰林新墓碑偶乘扁舟一日千里或遇勝境終年不移晉陶潛傳性不解音聲而畜素琴一張絃徽不具郡將候潛逢其酒熟取頭上葛巾漉酒畢還復著之貴賤造之者有酒輒設潛若先醉便語客曰我醉欲眠卿可去

田間決水鳴幽幽插秧未遍麥已秋相攜燒筍苦竹寺卻下踏藕荷花洲船頭斫鮮細縷縷船尾炊玉香浮浮臨風飽食得甘寢肎使細故胷中留君不見壯士憔悴時饑謀食渴謀飲功名有時無罷休

禮記月令孟夏之月靡草死麥秋至杜詩踏藕野泥中詩大雅釋之叟叟烝之浮浮韓退之簟詩倒身甘寢百疾愈賈誼服賦細故蔕芥兮何足以疑史記孫武傳吳王曰將軍罷休

和子由柳湖久涸忽有水開元寺山茶舊無花今歲盛開二首

太昊祠東鐵墓西。一樽曾與子同攜。回瞻郡閣遥飛檻，北望檣竿半隱堤。飯豆羹藜思兩鵠。飲河噀水賴長蜺。如今勝事無人共，花下壺盧鳥勸提。

左傳梓慎曰：陳太昊之墟也。先生志林云：余舊過陳州，留七十餘日，近城可遊觀者無不至。柳湖旁有丘，俗謂之鐵墓，云陳胡公墓也。城濠水往往嚙其趾，見有鐵錮之。漢翟方進傳：字子威。初，汝南有鴻隙大陂，郡以爲饒。方進爲相，奏罷之。王莽時常枯旱，鄉中追怨，謠曰：壞陂誰？翟子威。飯我豆食羹芋魁。反乎覆，陂當復。誰云者？兩黃鵠。春秋元命苞：虹蜺者，陰陽之精。雄曰虹，雌曰蜺。漢昭帝時，天雨虹下屬宮中，飲井水竭。歐陽公詩：獨有花上提壺盧，勸我沽酒花前傾。

長明燈下石欄干。長共松杉鬬歲寒。葉厚有稜犀甲健，花深少態鶴頭丹。久陪方丈曼陀雨。羞對先生苜蓿盤。

雪裏盛開知有意，明年開後更誰看。

唐文粹有高蕅長明燈頌。劉餗唐朝傳記：江寧縣寺有晉長明燈，歲久火色變青而不熱，隋文帝平陳，已訝其古，至今猶存。劉禹錫詩：長明燈是前朝焰，曾照青青年少時。杜子美海棕行：龍鱗犀甲相錯落，蒼稜白皮十抱文。法華經：天雨曼陀羅華。閬川名士傳：薛令之開元中爲右庶子，作詩曰：朝日上團團，照見先生槃。槃中何所有，苜蓿長闌干。上幸東宮見之，題其傍曰：若嫌松桂寒，任逐桑榆暖。令之乃謝病。

六月二十七日望湖樓醉書五首

黑雲飜墨未遮山，白雨跳珠亂入船。卷地風來忽吹散，望湖樓下水如天。

杜子美茅屋歌：俄頃風定雲墨色。白樂天悟眞寺詩：赤日間白雨。又三游洞序：水石相薄，跳珠濺玉。柳子厚詩：桂嶺瘴來雲似墨，洞庭春盡水如天。李賀貝宮夫人詩：空光帖妥水如天。

放生魚鼈逐人來，無主荷花到處開。水枕能令山俯仰，

風船解與月裴回。天禧四年判杭州王欽若奏以西湖爲放生池禁捕魚鳥爲人主祈福杜詩桃花一簇開無主

烏菱白芡不論錢亂繫青菰裏綠盤一作綵槃忽憶嘗新會靈觀。滯畱江海得加餐。周禮籩人之實菱芡栗脯注菱芰也芡雞頭也太史公自序畱滯周南歐陽公食雞頭詩凝祥池鎖會靈園注京師賣五嶽觀雞頭最佳

獻花游女木蘭橈細雨斜風濕翠翹無限芳洲生杜若吳兒不識楚辭招。任昉述異記木蘭川在尋陽江七里洲中有魯班刻木蘭舟至今猶在唐皇甫冉詩縈回楓葉岸畱滯木蘭橈張志和漁父詞青箬笠綠蓑衣斜風細雨不須歸楚辭宋玉招魂砥室翠翹挂曲瓊些劉禹錫詩拾羽翠翹飜屈原九歌采芳洲兮杜若將以遺兮下女杜子美詩夢歸歸未得不用楚辭招

未成小隱聊中隱。可得長閑勝暫閑。我本無家更安往

故鄉無此好湖山

王康琚反招隱詩小隱隱陵藪大隱隱朝市白樂天中隱詩大隱住朝市小隱入丘樊丘樊太冷落朝市大囂喧不如作中隱隱在畱司官唯此中隱士致身吉且安似出復似處非忙亦非閑又和裴相閑行詩偷閑意味勝長閑

七月一日出城舟中苦熱

涼飈呼不來流汗方被體稀星乍明滅暗水光瀰瀰香風過蓮芡驚枕裂魴鯉欠伸宿酒餘起坐濯清泚火雲勢方壯未受月露洗身微欲安適坐待東方啟

杜子美詩汗流被我體又倦夜詩重露成涓滴稀星乍有無又貽柳少府詩火雲洗月露絕壁上朝暾詩小雅東有啟明毛傳日且出謂明星爲啟明

宿餘杭法喜寺後綠野堂望吳興諸山懷孫莘老學士

徙倚秋原上。淒涼晚照中。水流天不盡。人遠思何窮。問諜知秦過。看山識禹功。公自注餘杭始皇所舍舟也西北舟枕山堯時洪水繫舟山上稻涼初吠蛤。柳老半書蟲。荷背風飜白。蓮腮雨退紅。追游慰遲暮。覓句効兒童。北望苕谿轉。遙憐震澤通。烹魚得尺素。好在紫髯翁。

史記三代世表余讀諜記黃帝以來皆有年數秦始皇紀三十七年至錢塘臨浙江水波惡乃西從狹中渡注云餘杭也左傳昭公元年劉定公館於雒汭歎曰美哉禹功明德遠矣韓退之詩蛤卽是蝦蟇漢五行志昭帝時上林柳樹斷仆地一朝起立生枝葉有蟲食葉成文曰公孫病已立杜子美詩蟲書玉佩蘚又宗武詩覓句新知律杭州圖經苕水出天目山北入太湖乃古震澤也故老相傳夾岸多苕草秋風吹花浮如飛雪因以名谿古樂府飲馬長城窟行客從遠方來遺我雙鯉魚呼兒烹鯉魚中有尺素書王注張遼以紫髯將軍目孫權今莘老多髯又姓孫故用此事

宿臨安淨土寺

鷄鳴發餘杭。到寺已亭午。參禪固未暇。飽食良先務。平生睡不足。急掃清風宇。閉門羣動息。香篆起煙縷。覺來烹石泉。紫筍發輕乳。晚涼沐浴罷。衰髮稀可數。浩歌出門去。暮色入村塢。微月半隱山。圓荷爭瀉露。相攜石橋上。夜與故人語。明朝入山房。石鏡炯當路。昔照熊虎姿今爲猿鳥顧。廢興何足弔。萬世一仰俯。

晉孫綽天台賦羲和亭午游氣高褰纂要日在午曰亭午李肇國史補湖州有顧渚紫筍茶陸羽茶經與楊祭酒書顧渚山中紫筍茶兩片一上太夫人一充昆弟同啜白樂天白蓮詩洩香銀囊破瀉露玉盤傾臨安縣圖經眞寂院一名山房在石鏡山東吳輿記臨安縣東石鏡徑二尺七寸甚清明四面俱見人形吳越王錢鏐布衣時嘗照石鏡鏡起而聳戰

自淨土步至功臣寺

臨安圖經功臣山在縣南二里本名大官山吳越王錢氏建爲功臣院祥符元

年改賜
今額

落日岸葛巾晚風吹羽扇松間野步穩竹外飛橋轉神功鑿橫嶺巖石得巨片直度千人溝下有微流泫岡巒蔚回合金碧爛明絢緬懷異姓王負擔此鄉縣長逢跨下辱屢乞桑間飯誰謂山石頑識此希世彥凜然英氣逼屹起猶聳戰他年萬騎歸父老恣歡宴錦綉被原野金珠散貧賤竇融旣入朝吳芮空記面榮華坐銷歇閱世如郵傳惟有長明燈依然照金殿

臨安圖經寺有溝名曰千人相傳錢氏役千人一日而成晉佛圖澄傳敕龍取水泫然微流西漢有異姓諸侯王表晉郭璞詩五百年生異姓王五代史吳越世家錢鏐字具美杭州臨安人也以販鹽爲盜天復二年封越王昭宗詔圖形凌煙閣升衣錦營爲衣錦城石鑑山曰衣錦山大官山曰功臣山鏐游衣錦城宴故老山

林皆覆以錦梁太祖即位封吳越王兼淮南節度使作還鄉歌曰三節還鄉兮挂
錦衣父老遠來相追隨牛斗無孛人無欺吳越一王駟馬歸跨下用史記淮陰事
桑間飯用左傳趙宣子靈輒事聳戰字見前篇石鏡注後漢竇融傳自以非舊臣
一旦入朝在功臣之右每名見容貌辭氣卑恭已甚帝以此愈親厚之漢吳芮傳
高祖以其將梅鋗有功從入武關故德芮徙封長沙王一年薨三國諸葛誕傳注
魏黃初末盜發吳芮家容貌如生後與發者見吳綱曰君何類長沙王但微短爾
漢蓋寬饒傳平恩侯許伯入第寬饒卬視屋歎曰美哉然富貴無常忽則易人
此如傳舍所閱多矣劉禹錫詩視身如傳舍閱世甚東流長明燈注見本卷

游徑山

衆峯來自天目山勢若駿馬奔平川中塗勒破千里足
金鞭玉蹬相回旋人言山住水亦住下有萬古蛟龍淵
道人天眼識王氣結茆宴坐荒山巔精誠貫山石爲裂
天女下試顔如蓮寒窻暖足來朴朔夜鉢呪水降蜿蜒
雪眉老人朝扣門願爲弟子長參禪爾來廢興三百載

奔走吳會輸金錢，飛樓湧殿壓山破。朝鐘暮鼓驚龍眠，
晴空偶見浮海蜃。落日下數投村鳶，有生共處覆載內，
擾擾膏火同烹煎。近來愈覺世議隘，每到寬處差安便。
嗟余老矣百事廢，卻尋舊學心茫然。問龍乞水歸洗眼，
欲看細字銷殘年。公自注　龍井水洗病眼有効

李照徑山山門事狀徑山乃天目東北峰也中有徑路以通天目故謂之徑山李白相逢行高揭黃金鞭徐陵紫騮馬詩玉鞍繡纏鬉金鞍錦覆幪山門事狀徑山之頂乃天目龍之別居國一大師法欽初隱此山頂有素衣老人前致拜曰我龍也自師到山吾屬五百皆不安我將挈歸天目願捨此爲立錫地乃請師南登絕頂入五峰之間中有大湫指謂師曰吾家去此湫當漲矣畱一穴之水慎勿堙之我將時至衞師焉今一穴見存謂之龍井又國一大師初入山遇獵者以其地結草菴請師居之其後龍湫既平北峰之陽復有草菴可居師乃止焉菴蓋龍所爲今菴基在而草不生又師一日坐石屏之下有白衣士自言是天目巾子山人也長安佛法有難聞師道行高邈願度爲沙彌往救師曰汝有何術曰我誦俱胝觀音呪功力無比師欲驗之乃曰吾坐後石屏汝能呪之令破否曰可遂呪之石屏

裂爲三片今謂之喝石巖師知神異爲薙髮賜名惠崇至京師與術士競勝之四十二章經天神獻玉女於佛欲以試佛佛言革囊衆穢爾來何爲去吾不用汝僧皎然荅李季蘭詩天女來相試將花欲染衣山門事狀常有白兔二跪於杖屨之間古樂府木蘭歌雄兔脚朴朔雌兔眼迷離王注引抱朴子云外國方士能神呪者臨川禹步吹氣龍卽浮出長十餘丈方士一吹縮至一寸取著壺中遇旱出龍而雨集呪水降龍此事相類史記天官書海旁蜃氣象樓臺韓退之詩頃刻青紅浮海蜃莊子人間世山木自寇也膏火自煎也公烏臺詩話熙寧六年游徑山留題云近來愈覺世議隘每到勝處差安便以譏諷朝廷進用之人多是刻薄褊隘不少容人過失見山中寛閑之處爲樂也

自徑山回得呂察推詩用其韻招之宿湖上呂名仲甫字穆仲丞相文穆公蒙正孫

多君貴公子。愛山如愛色。心隨葉舟去。夢遶千山碧。新詩到中路。令我喜折屐。古來軒冕徒。操捨兩悲慄。數朝辭簪笏。兩脚得暫赤。歸來不入府。卻走湖上宅。寵辱吾

久忘寧畏官長詰飄然便歸去誰在子思側君能從我游出郭及未黑

軒后本記見浮葉乃爲舟觀轉蓬乃作車晉謝安傳兄子玄破苻堅驛書至安方對客圍棊了無喜色既罷還内過戸限心喜甚不覺屐齒之折莊子天運篇親權者不能與人柄操之則慄捨之則悲杜子美詩南望青松駕短壑安得赤脚踏層冰又偪仄行徒步翻愁官長怒又鄭廣文詩醉則騎馬歸頗遭官長罵

宿望湖樓再和

新月如佳人出海初弄色娟娟到湖上瀲瀲搖空碧夜涼人未寢山靜聞響屐騷人故多感悲秋更憀慄君胡不相就朱墨紛黝赤我行得所嗜十日忘家宅但恨無友生詩病莫訶詰君來試吟詠一作味定作鶴頭側改罷心愈疑滿紙蛟蛇黑

高適人日寄杜二詩柳條弄色不忍見鮑明遠翫月詩娟娟似蛾眉白樂天西湖晚歸詩煙波淡蕩搖空碧南史謝靈運傳尋山陟嶺必造幽峻登躡常著木屐上山則去其前齒下山則去其後齒楚辭宋玉九歌悲哉秋之爲氣也蕭瑟兮草木搖落而變衰憀慄兮若在遠行北史蘇綽傳拜大行臺右丞始制文案程式朱出墨入及計帳戶籍之法曹子建與楊德祖書劉季緒才不逮作者而好詆訶文章掎摭利病杜詩新詩改罷自長吟

夜泛西湖五絕

新月生魄迹未安纔破五六漸盤桓今夜吐艷如半璧游人得向三更看

生魄注見本卷遊金山詩杜子美新月詩影斜輪未安盧仝月蝕詩初露半箇壁漸吐滿輪魄

三更向闌月漸垂欲落未落景特奇明朝人事誰料得看到蒼龍西沒時

漢天文志東宮蒼龍星按蒼龍角亢之宿夜半而沒

蒼龍已没牛斗横，東方芒角昇長庚。漁人收筒及未曉，船過惟有菰蒲聲。公自注：湖上禁漁，皆盜釣者也。漢天文志：天一、槍、棓、矛、盾動摇，角大，兵起。注：角，芒角也。後漢天文志：長庚廣如一匹布著天。

菰蒲無邊水茫茫，荷花夜開風露香。漸見燈明出遠寺，更待月黑看湖光。

湖光非鬼亦非仙，風恬浪静光滿川。須臾兩兩入寺去，就視不見空茫然。

施註蘇詩卷之四

傳古樓景印